Franco Canavera

Il XII gradino

Mistero in San Giovanni

Dedicato a quella santa donna di mia moglie che mi vedeva pigiare come un forsennato i tasti della tastiera senza mai chiedere nulla

Ringraziamenti

Nelle intenzioni di questo racconto c'è la volontà di divertire facendo nel contempo conoscere ai saluzzesi una parte della storia della loro Città che forse non conoscono.

Ben lontano dal considerarmi scrittore, ho solo tentato di fare una ricerca rigorosamente storica sulla quale avvitare i miei personaggi, frutto di fantasia. Mi scuseranno gli storici veri per questa incursione piratesca nel loro territorio.

Se il prodotto finale ha raggiunto almeno i limiti della decenza, lo devo a persone che con pazienza e grandi capacità mi hanno guidato in questa esperienza per me del tutto nuova, che peraltro mi ha fatto capire quanto lavoro ci sia dietro anche solo ad un semplice libercolo.

Intendo ringraziare qui quelle persone.

In primis Franco Giletta, il vero scopritore del fenomeno della sovrapposizione delle ombre. E poi via via tutti gli altri, dalla dott. Chitarrini dell'Archivio Storico, al prof. Marco Piccat prodigo di consigli, a Giorgio Rossi coautore de "La Torre e l'antico Palazzo Comunale" e a Pierfrancesco Rolando per le informazioni su Templari e Catari.

Un grazie anche al prof. Pietro Ghirardotti che mi ha assistito nella parte dedicata al latino e all'amico Fabio Garnero per la consulenza sulle meridiane. Sono impossibilitato a ringraziare personalmente Delfino Muletti, Carlo Fedele Savio e Giovanni Andrea di Castellar, ma lo faccio qui grato alle loro opere che ho saccheggiato abbondantemente per procedere nel racconto.

Un grazie particolarissimo va alla prof. Silvia Balbis, che ha preso per mano questo alunno distratto rimettendo a posto i puntini sulle I.

Il mio vero eroe è stato però Padre Lorenzo, che mi ha guidato nei meandri di San Giovanni e con molta autoironia ha accettato la sua controfigura.

F. Canavera

Capitolo I

Saluzzo-Dicembre 2017

Era una bella giornata di dicembre. Una di quelle giornate terse che spesso Saluzzo regala in inverno, piuttosto che nella stagione adatta per eccellenza alle scalate del "Re di Pietra", come viene chiamato affettuosamente il Monviso, dal quale nasce il più lungo fiume italiano, il Po.

In quella Saluzzo di inizio secolo, erano apparsi sui social gruppi fotografici che valorizzavano le bellezze cittadine e proprio da Facebook venne lo spunto. Qualcuno aveva pubblicato una curiosa foto della Torre Civica, che in un certo momento sovrapponeva in modo perfetto la sua ombra al Campanile di San Giovanni, una delle più antiche ed amate chiese della Città. Un evento raro, che nel corso dei secoli nessuno sembrava aver mai notato.

Pietro, incuriosito, si era chiesto se fosse solo un caso.

Il giovane maestro era ora appollaiato sulla Torre Civica, col naso arrossato da un vento gelido reso ancora più gelido dall'altezza e stava consultando un libricino creato con l'intento di far da guida turistica. I suoi pantaloni di velluto, un po' fuori moda, indossati su una camicia scozzese un po' troppo grande per lui, faticavano a difenderlo dal freddo.

Pietro Ghigo "Maestro" ... si era perfino fatto stampare dei biglietti da visita, un po' per orgoglio, un po' per autoironia. Sapeva di essere maldestro e un po' troppo istintivo, ma faceva ormai parte del suo carattere. E non gli dispiaceva. Eccheddiamine! Poteva mica avere solo pregi ...

Fare il maestro nel 2017 richiedeva una dote che ormai era diventata merce rara nell'insegnamento massacrato dalla burocrazia.

La passione...

L'essere fonte della conoscenza per dei bambini curiosi lo investiva di una responsabilità che lo rendeva orgoglioso, ma anche molto critico nei confronti di sé stesso. Nonostante tutte le difficoltà che caratterizzavano l'insegnamento in quella Italia di inizio secolo, non si era mai scoraggiato, anche se a volte l'amarezza, inutile negarselo, era stata grande.

Bastava però un solo dialogo coi suoi ragazzi per ridar benzina al motore. I bambini non mettevano limiti alla fantasia e qualsiasi argomento non aveva mai preconcetti o pregiudizi. In quel caso ridiventava bambino pure lui ed entravano in perfetta sintonia. Cercava comunque sempre di essere equidistante da qualsiasi posizione o schieramento, anche se non faticava ad avere idee precise in relazione a quanto gli succedeva intorno. E proprio questa sua abitudine ad analizzare gli avvenimenti aveva fornito a Pietro l'occasione di notare un particolare che per secoli era sfuggito a tutti…

Con gli occhi resi lucidi dal freddo, consultava l'orologio in quella fortunata giornata del 23 dicembre e passava veloce gli occhi dallo schermo opaco del vecchio Seiko al Campanile in attesa delle 11,02 che avrebbero determinato, con l'ausilio del solstizio d'inverno, la proiezione dell'ombra della Torre Civica sul Campanile di San Giovanni. Giornata fortunata, perché sarebbe bastata una nuvola passeggera a rompere l'incantesimo e lasciare insolute per un altro anno le domande che da tempo turbinavano nella sua mente.

Nuvola che stavolta non c'era. Neppure all'orizzonte.

Per la verità, mentre guardava l'ora, non poteva evitare di pensare che nel Medio Evo la stessa variava, anche di parecchio, dovendosi distinguere fra ore canoniche ed italiche. Reminiscenze di scuola, ultimamente rinfrescate dal suo amico Fabio, esperto conoscitore di tutte quelle arti che col sole avevano a che fare.

Le due costruzioni erano l'emblema stesso della Città.

La Torre Civica, costruita al tempo del Marchese Ludovico I, 30 anni prima che Colombo scoprisse il Nuovo Mondo, alta 48 metri, era il segno della comunità cittadina. Probabilmente simbolo della ricerca di indipendenza dal potere marchionale e dall'influenza religiosa, che prima di quei periodi poco lasciavano alle libere iniziative.

La sua struttura svettava sull'altra costruzione altrettanto emblematica, il campanile del Convento di quella chiesa di San Giovanni, che fin dal 1325 era stato il simbolo del potere religioso e che aveva le sue origini in un'antica Pieve risalente al 1230.

I primi religiosi che si insediarono furono i Cistercensi arrivati dall'Abbazia di Staffarda, dove operavano dal 1100. Poi, nel 1320, senza una ragione apparentemente nota, i monaci furono sostituiti dai Domenicani durante il periodo del marchese Manfredo IV.

Le due strutture sembravano rivaleggiare ancora oggi, dopo poco più di cinque secoli.

Nonostante però la Storia fosse davanti agli occhi di Pietro, la sua attenzione era tutta per lo scorrere dei minuti digitali del Seiko placcato oro.

Capitolo II

In punta alla Torre Civica di Saluzzo - 2017

L'ora ed il minuto secondo arrivarono e anche se all'orologio digitale mancava una linea a causa di qualche colpo o forse del freddo, Pietro capì che era giunto il momento e prese a scattare in sequenza come un forsennato a distanza di 30 secondi con la sua Nikon Dx 55. La vecchia macchina fotografica era già da un bel po' sul cavalletto, ben assemblata al suo teleobiettivo e sembrava anch'essa impaziente di iniziare. L'ombra della Torre Civica stava per arrivare al culmine sul Campanile di San Giovanni, come a rivendicare il suo dominio.

Era come l'aveva intuita dalla foto dell'opuscolo. Punto massimo fra il quattordicesimo ed il quindicesimo gradino in ferro. Il suo intuito gli suggeriva che non fosse frutto del caso e che la coincidenza nascondesse qualcosa. Adesso non restava che trovare il modo per riuscire ad arrivarci.

Il primo passo sarebbe stato quello di convincere Padre Gaudenzio, persona amabile e sempre disponibile, che però era diventato molto diffidente dopo l'aggressione subita da un balordo che aveva sorpreso a scassinare la cassetta delle elemosine.

L'anziano prelato apparteneva all'ordine dei Servi di Maria, Ordine a cui il Vescovo aveva affidato la Chiesa dopo il 1820 ed era ormai da anni lasciato in solitudine a gestire le sorti del più antico sito religioso della Città. Arrivato al Convento negli anni 60 del Novecento, quando fra frati e novizi si contavano quasi una sessantina di presenze, a poco a poco vide tutti i suoi confratelli andarsene in altre diocesi. Lui, rimasto solo, decise che per una volta avrebbe fatto di testa sua e non avrebbe lasciato vuota quella casa del Signore con tutta la sua Storia.

Saluzzo era piena di chiese sparite o chiuse e abbandonate... San Giovanni non avrebbe fatto la stessa fine.

Pietro entrò nella vecchia Chiesa per una prima ispezione. Non che non la conoscesse, ma oggi la stava guardando con occhi nuovi. Il buio non gli permetteva di vedere nei particolari i bellissimi affreschi delle volte a vela. Sulle pareti, alcuni danni evidenti sembravano adesso tessere mancanti di un puzzle. La sensazione di buio e di freddo dava un certo fastidio e non rendeva onore alla bellezza e alla storia di quell'edificio.

Si guardava intorno per capire come fare a trovare un contatto con quello che avrebbe dovuto essere il suo anfitrione, quando gli si parò davanti un foglio con una scritta in una calligrafia incerta...

Cell. P. Gaudenzio 363 436 74 37

Wow... fantastico, un colpo di fortuna!

Ora doveva solo trovare il modo di riuscire a convincerlo, ma era molto probabile che se la motivazione fosse stata la sua sola curiosità, non sarebbe risultata sufficiente. Sarebbe stata più plausibile una ricerca sulla Chiesa ad uso e consumo dei suoi allievi. Non gli piaceva usare il suo ruolo per scopi personali, ma la determinazione era tanta.

«Pronto, Padre Gaudenzio?»

«Chi parla?»

«Buongiorno, sono Pietro Ghigo e sono un insegnante. Mi farebbe piacere far due chiacchiere con lei per una ricerca su San Giovanni; vorrei qualche informazione»

«Si rivolga allo IAT, avranno tutto quello che le serve»

"Beh, come inizio decisamente poco promettente…"

«Sì, l'ho già fatto e ho ricevuto parecchie informazioni, ma mi sarebbe piaciuto magari sentire dalla sua voce qualche aneddoto, qualche storia sconosciuta, che interesserebbe di sicuro i miei ragazzi»

«Questa è una chiesa, di che aneddoti vuole che si possa parlare?»

"Mmmhhh... un vero osso duro…"

«Beh, ma proprio una chiesa può essere teatro di aneddoti, di sofferenza e di gioia e chi più di lei potrebbe averne colto qualche aspetto?»

«Senta, non ho tempo per queste cose e sono molto occupato... mi richiami fra qualche mese»

Sconfitto ed amareggiato, Pietro non riuscì a far altro che blaterare un...

«...capisco, mi scusi se l'ho disturbata»

«Come ha detto che si chiama?»

«Pietro Ghigo»

«Ghigo? Per caso parente di Mario Ghigo?»

«Certo, era mio nonno!»

«Ahh, grande persona - il tono cambiò immediatamente e si fece più affabile - pensi che veniva sempre a portarmi il pane durante le sue passeggiate ed era riuscito a fare in modo che le sorelle Mantellate chiedessero di me per celebrare la Santa Messa. In quel modo riuscivo sempre a godermi ottimi pranzetti»

«Sì, adesso che me lo dice, ricordo che il nonno aveva nel suo percorso la pausa fissa per una chiacchierata in San Giovanni»

«Bene, cosa posso fare per lei?»

... si era aperta una breccia.

«Beh, grazie... se con suo comodo potesse raccontarmi qualcosa di inedito e magari farmi fare un giro fin sul campanile per fare una foto dall'alto, mi farebbe molto piacere. Sono sicuro che non siano stati molti a godere del privilegio di fotografare Saluzzo da quella posizione»

«Domani mattina va bene?»

«Magnifico, non speravo tanto. Grazie infinite...»

«A domani allora»

Capitolo III

«Piccolo bastardo - urlò Gaddo spalancando con un calcio la porta della stalla dove il ragazzo si era rifugiato per combattere il freddo con la paglia - La vacca si è rotta la zampa e tu te ne stai qui a dormire!»

Un lupo solitario, aveva colto la mancanza di una presenza umana, ed era riuscito ad isolare l'animale che, terrorizzato in preda al panico, era precipitato in un dirupo.

Gaddo, fratello di suo padre, con un paio di amici, aveva scacciato il lupo e poi era riuscito a recuperare la bestia ormai morente.

Appena finita l'emergenza notò la mancanza del piccolo mandriano ed iniziò la sua ricerca, deciso a punirlo per questo episodio che poteva far precipitare la situazione familiare.

Il ragazzo capì immediatamente che il rischio non era da sottovalutare e si coprì di paglia, mentre lacrime di terrore gli annebbiarono la vista.

Il *barba* [1] saltava e correva a destra e manca con un grosso bastone, mentre lui lo osservava attraverso le fessure degli steli.

«Vieni fuori malnato, questa volta giuro che ti ammazzo, quanto è vero Iddio. Essere inutile, mangiapane a tradimento. Dove sei? Fatti vedere...» Il ragazzino si strinse ancora di più in se stesso, rannicchiandosi in posizione fetale.

Da quando poco prima era morta la madre a causa di quelle febbri che non lasciavano scampo, nessuno aveva più cura di lui. Il padre aveva accolto in casa un'altra donna che si era portata con sé i suoi due figli. Da quel momento per lui era cominciata una nuova vita e se quella di prima non si poteva definire buona, questa non si prospettava di certo migliore.

Spesso il padre annegava gli affanni in quei vini acidi nelle osterie dei pascheri ([2]), riuscendo a buttare così quei pochi soldi che con difficoltà entravano in casa. Gaddo, che ormai sosteneva tutti sulle proprie spalle, era diventato nervoso e violento e non erano rare le volte in cui i due fratelli passavano alle mani.

---

[1] Zio in dialetto

[2] I pascheri erano dei prati franchi messi a disposizione gratuita delle frange più povere della popolazione che, non avendo terreni di proprietà, potevano così nutrire i loro animali.

Il *barba*, per la verità, le prendeva quasi sempre, perché suo padre, nonostante gli acciacchi, aveva fatto parte della soldataglia, accumulando notevoli esperienze di lotta e di combattimento.

Con un bastone in mano riusciva a far fronte anche a tre o quattro uomini, perfino se armati di coltelli e di sicuro quell'ometto muscoloso, ma mingherlino, non lo impensieriva. Poteva aver la peggio solo quando la sua mente era offuscata dal vino. Cosa che ormai succedeva sempre più spesso.

Per contrappasso, Gaddo trovava logico sfogare le sue frustrazioni su quel bambinetto che ormai era diventato il capro espiatorio. Dodici anni di quella vita lo avevano fatto crescere velocemente...

Il pericolo sembrava allontanarsi e il ragazzotto confidò di poterla scampare.

Proprio in quell'attimo si profilò nella porta rimasta aperta l'unico amico che gli era rimasto: un vecchio cane da pagliaio, col pelo lungo, una volta bianco ed ora giallo, tutto pieno di groppi arruffati dove colonie di zecche avevano stabilito la loro abitazione.

L'animale ricordò il gioco col quale il suo padroncino si nascondeva e compito suo era ritrovarlo.

Tutti e due, Gaddo e il ragazzo, intuirono come sarebbe andata a finire e ancora, prima che il cane si gettasse a tuffo, il *barba* si precipitò col bastone alzato, mentre il ragazzo prese a correre a zig zag con tutta la velocità che gli permettevano quegli zoccoli troppo grandi riempiti di paglia.

Il colpo gli arrivò di traverso sulla schiena e lo buttò a terra facendogli uscire tutta l'aria dai polmoni. Il cane, interdetto per quel risvolto inatteso, non capiva e guardava con aria interrogativa ora il suo padroncino, fonte di carezze ed ora l'uomo temuto ed odiato. L'amore fu più forte della paura. Quando intuì il pericolo, si volse verso l'umano, enorme, in piedi lì davanti e mostrando i denti si frappose fra lui ed il ragazzo a terra.
Una prima bastonata, menata con un fendente, lo colpì esattamente sul cranio, fra gli occhi. Una volta stramazzato, quasi non sentì tutte quelle successive che, a poco a poco, lo fecero precipitare verso la lunga e scura discesa della morte.

Il ragazzo, terrorizzato, piombò in uno stato di torpore e non oppose più nessun tipo di resistenza. Ormai l'aguzzino aveva perso del tutto il controllo ed una maschera terribile si era disegnata sulla sua faccia scarna. Nella furia di menar colpi, il bastone toccò il palo dove erano i finimenti dei cavalli e si spezzò in due.
Forse fu questo che gli salvò la vita, perché l'arma di cui Gaddo si dotò fu la cinta in spesso cuoio con

cui teneva su le brache. Con quella continuò a colpirlo fino al momento in cui lui si stupì di essere più attento al rumore che produceva sulla sua carne, che non al dolore, ormai perfino scomparso.

Era come se non fosse più lì... neppure quando lo intravide calarsi le brache e gettarsi su di lui...

Capitolo IV

Saluzzo, Convento di San Giovanni – 1481

Il Priore lo aveva convocato in tutta fretta. Lo ricevette il Portinario che lo accompagnò dal Coadiutore. Sarebbe stato incarico suo un sopralluogo per un intervento che avrebbe dovuto essere veloce, in modo da creare minor disagio possibile alla Comunità.

Quella crepa che si era formata nel muro di una cella preoccupava il Priore perché sembrava il segno di un cedimento importante, non una delle solite crepe dovute ad assestamento. La parete misurava sì e no un trabucco (^{3}) e la volta rotonda scaricava su di essa. Una crepa di una brassa (^{4}) era quantomeno una cosa strana…

Antonius Favella, detto Antonio, figlio di Vincenzo, apparteneva alla "Universitate" dei muratori o meglio dei "Magister operis", quelle che molto più tardi sarebbero state chiamate "Corporazioni".

Erano nate per difendere gli interessi delle categorie nei confronti delle autorità e i membri

---

^{3} Trabucco = circa 3 metri
^{4} Brassa = 55 cm

del sodalizio giuravano di darsi assistenza reciproca nell'interesse comune.

Si stavano rivelando utili anche nelle decisioni da prendere nella conduzione della Città e da lì a poco avrebbero costituito l'ossatura dei Comuni.

I Favella si tramandavano il mestiere da generazioni e Vincenzo aveva acquisito credibilità perché, oltre alle sue indubbie capacità, portava con sé un segreto di famiglia.

Si trattava di un tipo di intonaco, solo da essi utilizzato, in grado di garantire livelli di rifinitura e di lucentezza che in molti avevano cercato di imitare, ma della cui formula nessuno era riuscito a venire a capo. Era molto apprezzato da pittori ed affrescatori, oltre che dagli oriolai, che avevano ormai da tempo diffuso in Città la loro preziosa opera di costruttori di meridiane.

In realtà tutto era nato per caso quando, anni prima, un mastello pieno di latte, fissato malamente al basto di un asino, era caduto nella fossa della calce viva. Venne mescolato per evitare danni e Vincenzo si accorse che quell'intonaco aveva caratteristiche uniche nelle lavorazioni a parete che ottenevano una lucentezza molto apprezzata.

Antonio aveva raccolto i frutti di questa formula, ma era riuscito ad incrementare stima e fama da quando aveva partecipato ad un'impresa per quel tempo eccezionale. Era stato chiamato in veste di consulente per scavare la "Grotta" delle Traversette.

Buco di Viso, anticamente detto Grotta di Viso

Tre anni prima il Marchese Ludovico II aveva affidato il compito di iniziare l'opera a Martino de Albano e Baldassare de Arpeasco ([5]). Avrebbe collegato il Marchesato alla Francia anche nei periodi primaverili, quando la presenza di neve costituiva ancora un pericolo. Si sarebbe così

[5] Piasco (Savio Saluzzo e i suoi Vescovi Cap.IV) erezione della collegiata 52/54

allungata la stagione in cui le merci avrebbero potuto transitare.

Antonio parlava provenzale e francese e gli fu chiesto di accompagnare in una delicata missione, in veste di Consigliere, Baldassarre ed altri ambasciatori alla Corte di Arles, per perorare la causa di collaborazione che Ludovico II chiedeva a Renato d 'Angiò Re di Napoli, Signore di Provenza ([6]).

Il sale della Provenza sarebbe stato molto utile al Marchesato ed alle sue mandrie, ma anche a quelle del Monferrato ed i commerci che ne sarebbero derivati forieri di benessere.

Dalla grotta sarebbero passati panni, drapperie, mobili, cavalli ed armenti. Per quella strada il commercio avrebbe portato a delfinesi e provenzali riso, olio, sale, canapa, lane, pelli ed altri generi. Si sarebbero arricchite in questo modo la valle del Po, Crissolo, Paesana, Barge, Sanfront e Revello oltre che, naturalmente, il Marchese.

Proprio a Revello, validissima roccaforte imprendibile, si depositavano le mercanzie ed il sale.

Vicino alla Collegiata esisteva una Dogana dalla quale transitavano le merci che venivano poi distribuite per tutto il territorio percorrendo la

---

[6] D.Muletti Storia di Saluzzo tomo V pag 221/225

strada della Revellanca, che attraversava la piana da Saluzzo verso Racconigi.

Antonio entrò nella minuscola cella per vedere di che cosa si trattasse. Sperava in cuor suo che non fosse un lavoro troppo complicato da dover richiedere molti uomini e tempi lunghi.
Era vicina la data della Fiera.
Storicamente in Saluzzo erano due le fiere, quella di San Luca il 18 ottobre e quella di Sant'Andrea il 30 novembre. Da qualche anno però ne era stata voluta una nuova dal Marchese e sarebbe caduta proprio il 18 aprile.
Mancavano pochi giorni…
Istituita in Revello con lettere di concessione il 14 marzo del 1460 ([7]), faceva parte di quelle novità che avevano riguardato la Città di Saluzzo grazie all'intraprendenza ed alla nuova visione moderna del governo di Ludovico I. Durava tre giorni ed in questo tempo nessuno poteva essere catturato, né potevano venir sequestrate le merci per qualsivoglia causa civile o criminale, salvo che fosse utilizzata l'occasione della fiera stessa per commettere reati. Aveva riscosso subito molto successo, data la stagionalità, vedendo arrivare gente persino dalla Liguria, per lo scambio di merci e la compera dei suini.

---

[7] D. Muletti Storia di Saluzzo Tomo V pag.89

23

Alla precedente edizione se ne era visto uno del peso di 700 libbre ([8]). E poi era un 'occasione per il commercio del vino. Erano molto apprezzati quelli di Pagno, Castellar, Manta e Costigliole.

Se avesse impegnato i suoi uomini nei tre giorni della fiera per un lavoro urgente avrebbe generato malcontento. La sua era una posizione di forza, ma con le maestranze aveva un rapporto molto saldo di fiducia e di reciproca comprensione e non voleva incrinarlo.

Inoltre si teneva pronto perché correva voce che il Marchese volesse dare corso ad una nuova opera fuori delle mura, forse addirittura una grande, grandissima chiesa ([9]).

---

[8] Libbra = gr.326 circa

[9] In quell'anno il marchese Lodovico con l'appoggio del Comune, ricorse al sommo pontefice Sisto IV per ottenere che l'antica pievania di Santa Maria fosse eretta in chiesa collegiata con un capitolo di dodici canonicati e sei dignità, oltre ad un decano che a tutti presiedesse. D.Muletti Storia di Saluzzo tomo V Pagina 241/245

Carlo Pittara 1880 Fiera di Saluzzo Gam Torino

Entrò e al chiarore di una lanterna ispezionò la
crepa, rendendosi subito conto che non poteva
essere nulla di grave. In effetti era piuttosto strana
in quel contesto e sembrava dovuta ad un
cedimento di un piano interno in legno, che a volte
era utilizzato per agevolare i lavori di costruzione.
Batté con la mazzetta ed il rumore sordo gli fece
capire che dietro c'era un vuoto. Incuriosito
cominciò ad usare lo scalpello per allargare la
crepa e dopo pochi colpi i suoi sospetti furono
confermati.
Si trattava di una nicchia, con tutta probabilità una
specie di ripiano ricavato nel muro, che poi era
stato richiuso, oppure un passavivande.
Allargò ancora il buco e quando riuscì a dirigere il
fascio di luce della lanterna all'interno, notò una
piccola macchia scura di materiale diverso da
quello dei calcinacci che erano ammassati alla
rinfusa nel piccolo spazio.

Il cuore fece un tuffo, perché sapeva dell'abitudine di nascondere monete d'oro e gioielli all'interno di muri, ma qui si trattava di un convento, non certo della casa di un nobile o di un ricco mercante.

Continuò nella sua opera fino a quando non riconobbe una vecchia pignatta in terracotta che faceva capolino fra la polvere...

«Allora, Antonio ... è grave?» la voce del Priore inondò la stanza.

Biagio de Imperatoris, di Asti, Venerabile Maestro di Sacra Teologia, incuteva sempre reverenziale timore e la sua voce profonda e tonante si adattava bene al ruolo.

Indossava un saio, che avrebbe dovuto trasmettere un senso di povertà, ma l'effetto finale era del tutto diverso. Alto e magro, camminava con passo scattante. Il potere che traspariva da quella presenza era tangibile.

«No - mascherò l'emozione mentre spingeva con la cazzuola una manciata di calcinacci sopra la pignatta - Niente di grave. Solo una piccola nicchia piena di pezzi di mattone che era stata chiusa frettolosamente. Forse l'asse che faceva da soffitto è marcito. Basta richiudere»

Il fatto che il Priore rompesse il protocollo e si rivolgesse a lui senza intermediari la diceva lunga sulla sua preoccupazione.

«Bene, quanto ci vorrà?»

«Mezza giornata al massimo, domani vengo con il necessario e chiudo»
«Orbene – disse il Priore - ci conto» e se ne andò.

Antonio attese di sentire i passi allontanarsi, poi scavò con le mani e prese la piccola pignatta, mettendola nella bisaccia dove teneva gli strumenti.
Sapeva di rischiare grosso. Aveva fatto sacrifici per arrivare alla posizione che occupava, ormai era *"magister operis"*.
Era arrivato a questa carica dopo anni di esperienza, grazie alla quale aveva imparato a progettare edifici e macchine, organizzare il cantiere dal punto di vista pratico oltre che supervisionare l'esecuzione dei lavori. Era architetto – costruttore e si avvaleva della collaborazione di uomini altrettanto importanti, aspettando che il suo piccolino, Francesco, che ora aveva due anni, crescesse in fretta per poter ereditare il ruolo.
Nel tempo aveva selezionato bravi artigiani che non lo avevano mai deluso, come il maestro lapicida, il carpentiere e il direttore per la posa dei tetti che, anche se con un ruolo subalterno alla sua direzione generale, svolgevano un compito altrettanto importante.
In realtà, il suo, era un titolo per lo più di rango e di responsabilità verso la committenza e, a parte

casi eccezionali, non si traduceva mai in particolari privilegi a titolo retributivo o di qualsiasi altro genere. La giornata lavorativa era uguale per tutti, dodici ore in estate e otto, nove in inverno, durante le quali maestri ed operai condividevano gli stessi spazi.

Se per qualche motivo fosse stato scoperto, oltre a dover subire l'onta di un processo e la relativa condanna sarebbe stato espulso dalla *"Universitate"* ed allontanato dalla Confraternita. E ancora peggio non avrebbe più goduto della fiducia del Marchese.

Antonio era sempre stato pio e rispettoso delle leggi, astuto quanto basta, ma senza eccedere nelle presentazioni di conti che avrebbero potuto far alzare qualche sopracciglio. Per un impulso, stava mettendo a rischio la sua reputazione.

Arrivò in casa, una bella casa di proprietà, costruita dai suoi avi che, grazie alla loro comprovata fedeltà e capacità, avevano ottenuto il privilegio di essere entro la cerchia delle prime mura, anche se non proprio a ridosso del Castello. Comunque verso la zona di San Martino, nelle vicinanze della Chiesa di San Bernardo, in quella che ai tempi era considerata un'area destinata ad artigiani stimati e facoltosi. E in più godeva, nelle belle giornate, di una magnifica vista del Monviso.

Il suo marmocchio lo stava aspettando vicino alla giovane moglie alle prese col focolare della cucina. Si domandò se non avesse commesso un errore ad appropriarsi di quella pignatta. Sicuramente una improvvisa ricchezza sarebbe stata notata e se per caso ci fossero stati all'interno dei preziosi, non avrebbe saputo a chi rivolgersi per trasformarli in denaro, senza suscitar sospetti e chiacchiere.

Salutò la moglie e il piccolo lo accolse con un sorriso e gridolini di gioia. Chissà quanto ci sarebbe voluto prima di vederlo arrampicare sulla scala di uno di quei ponteggi così ballerini che tante vedove avevano creato…

Immaginava già l'orgoglio e la preoccupazione.

«Vado a posare le mie cose e arrivo»

«Fai presto, la minestra è pronta e calda» rispose la moglie.

Antonio andò nel deposito, si avvicinò al bancone sul quale un'infinità di attrezzi facevano bella mostra di sé: fucine per riparazioni vicino ad un mucchio di carbonella di legna, mole a pedale, trapani a colonna piuttosto rari e decisamente moderni, mastelli, setacci…

In una scatola, la vecchia formula con le dosi per la preparazione della calce, tenuta gelosamente come una reliquia di famiglia, scritta in un codice che solo la famiglia poteva conoscere e comunque abbastanza inutile visto che ormai era ben scolpita nella sua mente. Aveva in ogni caso svelato il codice alla moglie per evitare che, nel malaugurato caso di morte improvvisa, suo figlio non potesse venirne a conoscenza.

La calcina doveva provenire da Rossana, dalla fornace dei Bagnasco, collaudati '*fornasarii*'' che da un paio di generazioni costruivano laterizi, producendo anche calce viva insieme a coppi e pianelle, le cui misure e peso dovevano ricadere scrupolosamente negli standard del Capitolo del Comune.

Essi avevano l'obbligo di privilegiare il Borgo nella fornitura rispetto agli stranieri. Era stata definita anche una multa di venti soldi per le trasgressioni e il padre di Antonio, che si era dimostrato un astuto commerciante, ne aveva approfittato perché nessuno aveva previsto che si potessero acquistare e rivendere con un piccolo stratagemma. Bastava avere sempre una presenza nei paesi limitrofi.

La stima e la ricchezza accumulata dalla famiglia avevano fatto da scudo ad eventuali attenzioni da parte delle autorità e comunque essi avevano curato di gestire al meglio la situazione presenziando sempre i cantieri, in modo da aggirare il divieto. Inoltre i funzionari che dovevano vigilare sulle disposizioni, interrogati al riguardo, per evitare grane non avevano eccepito nulla.

A loro interessava solo che i manufatti fossero conformi a quanto stabilito ([10]).

Fece un po' di spazio, accese una lanterna che pendeva dal soffitto e, con le mani che tremavano per l'emozione, cercò il modo di aprire la piccola pignatta senza romperla. In effetti era molto leggera e fu colto dal dubbio che potesse non contenere monete. Che fossero monili o pietre preziose?

Era eccitato e il piccolo scalpello che aveva preso per aprire gli sfuggì di mano infilandosi nel buio di un anfratto. Decise di non cercarlo e mise la mano in tasca dove teneva il suo buon compagno di lavoro, un *"Vernantin"*, dono di un Maestro di pietra di Vernante, che era con lui da molti anni.

Era un buon coltello, col manico piegato ricavato da corna stagionate di montone, svuotate del midollo e segate a pezzi.

Comodo e sicuro, grazie alla *broca*, l'arresto, ricavato dalla lama stessa, a forma di testa di chiodo, che rientrava in un incavo praticato sul dorso del manico quando il coltello era aperto. La punta ricurva, come al solito, fece un ottimo lavoro. Con pochi passaggi tagliò via la colla del tempo ed il coperchio, con un rumore sordo, cedette svelando il contenuto misterioso.

---

[10] "La torre e l'Antico Palazzo Comunale" Boidi,Piccat,Rossi. pag.39

Capitolo V

Il frate lo attendeva sulla porta, infagottato nel suo maglione grigio verde con la zip, dono di chissà chi, ed un cappottone spigato. In testa un vecchio berretto francese col picciolo, che sarebbe stato perfetto in un film sulla resistenza dei Maquis francesi.

Lo sguardo benevolo ed un bel sorriso sulle labbra erano di buon auspicio.

«Buongiorno a lei Padre Gaudenzio, è un vero piacere, grazie per il suo tempo»

«Prego, venga - rispose il frate - da dove vuol cominciare?»

«Non vorrei rubarle troppo tempo, in realtà le notizie storiche le ho già trovate. Mi piacerebbe, se a lei non crea problemi, dare un'occhiata all'interno ed all'esterno della torre e magari scattare un paio di foto»

«La prego, non mi metta in difficoltà - rispose Padre Gaudenzio – ho già parecchie preoccupazioni senza dovermi anche occupare di un fotografo in erba che cade dal campanile»

Pietro rispose con una risata cristallina, perfino un po'esagerata, cercando di trasformare un "No" in una battuta spiritosa.

«Non si preoccupi, sono un provetto alpinista» mentì.

«Venga, l'accompagno - disse Padre Gaudenzio muovendo un passo verso la navata sinistra della Chiesa - dobbiamo salire per questa scala. Attento a dove mette i piedi»

Una piccola e ripida scala in legno portava in pochi scalini ad una porticina. All'interno un susseguirsi di cunicoli, pieni di oggetti che andavano dai sacchi di cemento ormai duri come pietre, ai tabernacoli di chissà quale epoca.

In un angolo un meccanismo, di sicuro antico, che con tutta probabilità aveva fatto parte di uno dei primi presepi meccanizzati e che avrebbe fatto la felicità di un antiquario, coi suoi pastorelli in gesso e cartapesta.

Pietro dovette stare attento a non urtare una piccola statua di Sant'Antonio, la cui testa giaceva da qualche altra parte. Si vedeva ancora il gesso bianco sul collo tranciato.

Altri scalini ed altri cunicoli, ai lati antichi affreschi ormai quasi invisibili. Metteva tristezza immaginare gli autori intenti a render bello ogni loro minimo particolare e vederli ora in quelle condizioni. E chissà cosa avrebbero pensato di fronte a un tizio con un telefono che fungeva da torcia elettrica. Ammesso che si riuscisse a spiegare a cosa servisse un telefono e come funzionasse una torcia elettrica, senza che si facessero più volte il segno della croce...

Altre masserizie, mobili smontati e finalmente l'ingresso in quella che era stata la Torre.

Pietro rimase deluso, si aspettava di vedere antiche corde pendere dalle campane in una infinita tromba di scale in legno. E invece le corde erano tiranti metallici che bucavano moderni solai fatti di pignatte, collegati fra loro da scale in ferro da cantiere. Contrariato, domandò a Padre Gaudenzio il perché di questa situazione e scoprì che un fulmine aveva colpito il campanile negli anni 60 del 1900 e incendiato l'antica scala in legno che andò completamente distrutta.

Questo poteva essere un colpo di fortuna. Infatti aveva cercato più soluzioni al fatto di dover spiegare che doveva arrampicarsi fino a metà cuspide e immaginava che non avrebbe avuto il permesso a causa della pericolosità dell'operazione. In questo modo però era inverosimile che l'anziano frate si arrampicasse fin lassù e quindi poteva pensare di riuscire nell'impresa.

In realtà la sua intenzione era solo verificare se nel punto da lui individuato ci fosse un indizio. Nel caso avrebbe spiegato la sua ipotesi al vecchio frate.

«Magnifico» disse Pietro arrampicandosi veloce sugli scalini in ferro prima ancora che Padre Gaudenzio potesse realizzare.

«Scenda subito di lì, è pericoloso» gridò allarmato il frate. In men che non si dica Pietro era già sul primo solaio.

«Non si preoccupi, Padre Gaudenzio, da ragazzo ho fatto il *bocia* da muratore e sono a mio agio. Scendo subito, solo un paio di foto. E' un privilegio riuscire a fotografare da questa posizione»

«Non mi faccia passare dei guai, per favore. Scenda subito!» rispose di rimando Padre Gaudenzio, la cui voce non aveva più nulla della benevolenza iniziale.

Pietro capì che doveva giocarsela ora, a qualsiasi costo, perché dopo quella bravata più nulla al mondo, neppure se fosse risorto il nonno, Padre Gaudenzio gli avrebbe consentito un'altra occasione. Decise quindi di fare orecchie da mercante e continuò a salire. Da sotto Padre Gaudenzio urlava con voce sempre più flebile.

Arrivò all'ultima piattaforma, dove una porticina piccolissima immetteva all'esterno in prossimità di uno dei pinnacoli. Il panorama era stupendo, l'altezza vertiginosa anche per la totale mancanza di protezioni. Un vento gelido gli intirizziva le dita e poco più in alto il gallo, che faceva da banderuola, gridava ai quattro venti il suo continuo rigirarsi con verso stridulo dovuto a qualche pezzo che si era arrugginito.

Ormai era invisibile agli occhi di Padre Gaudenzio e si arrampicò fino al quindicesimo scalino.

Si mise alla ricerca di segni che avvalorassero la sua ipotesi. Il susseguirsi di mattoni pareva compatto e nulla lasciava pensare che ce ne fosse uno diverso dagli altri. La malta che li teneva incollati era dura e resistente e intuì che non avrebbe trovato l'anomalia che si era aspettato di vedere.

La delusione era cocente. Aveva voluto credere ad un'ipotesi che adesso appariva ai suoi occhi come un'idea balzana e nel farlo aveva messo a rischio la sua reputazione. Si sentiva molto stupido. Prese a scendere continuando ad osservare la parete, ancora incredulo. Fu tre scalini più sotto che notò una cosa strana: il mattone centrale aveva i bordi di una malta diversa…

Era impossibile non notare che fosse stato messo in loco in tempi successivi, in quanto il colore della malta era del tutto differente. Ed anche la qualità. Questa era decisamente più povera, come se ad aver posizionato quel mattone fosse stato un povero villano, di quelli che per costruire un muro rubacchiavano calce e mattoni mescolando il tutto con la terra rossa della collina. Oppure ... un segnale. Difficile che un'anomalia del genere fosse casuale.

Bene. La malta si sarebbe sgretolata senza problemi e non avrebbe dovuto faticare con scalpello e mazzetta.

Una cosa era certa: quel mattone era stato tolto e rimesso, anche se non riusciva a capire come avesse potuto sbagliare a conteggiare gli scalini. Aveva controllato e ricontrollato nelle fotografie scattate. L'ombra indicava il quindicesimo scalino e quello era il dodicesimo.

Con la testa in subbuglio per la scoperta ed i pensieri che andavano a mille, scese con gran sollievo di Padre Gaudenzio, il cui sguardo comunque non presagiva nulla di buono.

«Usciamo» disse lapidario non appena Pietro fu di nuovo vicino a lui.

«Non so come ringraziarla» balbettò, cercando un dialogo che capiva non ci sarebbe stato.

Il frate si incamminò veloce verso la discesa e tutto del linguaggio del suo corpo chiariva come la visita fosse terminata. Arrivati in fondo, il sipario si chiuse del tutto, con un laconico...

«... devo lasciarla perché ho da fare»

Cercando la sua miglior interpretazione della faccia di bronzo, Pietro gli strinse la mano nella coppa delle sue e lo guardò dritto negli occhi dicendo...

«Arrivederci»

Il pensiero andava al mattone.

Capitolo VI

Verso Staffarda - 1306

Il ragazzo, ormai un giovanotto, ballonzolava sul carro traballante a causa della strada sconnessa. La sua vecchia casa si rimpiccioliva man mano che si allontanava ed ormai era solo un puntino in lontananza. Forse non avrebbe più rivisto neanche il Monviso, perché gli era stato detto che a Staffarda sarebbe stato nascosto dal Monte Bracco. Dopo la salita sarebbero scomparsi per sempre dalla sua vista e con loro una parte della sua vita.

Non che gli dispiacesse, anche se alcuni bei ricordi continuavano ad esistere, come quando con la madre andava a raccogliere fragole e more. Un velo di tristezza gli passò negli occhi nel ricordo della sua dolcezza... perfino quando aveva rovesciato il mastello pieno di frutti, di fronte allo sparpagliarsi di due ore di lavoro giù dal dirupo, la mamma lo aveva guardato e gli aveva sorriso. Ancora adesso non riusciva a pensare a quell'episodio senza che una lacrima si affacciasse. Quanto amore in piccoli semplici gesti, amore che mai più gli era stato riservato negli anni successivi. Solo urla e botte.

Andare in un convento, immerso nella pace e nella preghiera, senza dover ancora subire angherie, sarebbe stata una svolta fortunata della vita.

Gaddo, il suo aguzzino di tutti quegli anni, aveva cercato l'aiuto di un suo facoltoso amico compagno di scorribande e insieme avevano trovato l'aggancio che gli avrebbe permesso di togliersi dai piedi una bocca in più da sfamare. Ma soprattutto la possibilità che certe cose potessero restare rigorosamente segrete.

L'ammissione al Monastero che come postulante avrebbe dovuto richiedere, sarebbe stata una mera formalità, in quanto le credenziali e la parte più burocratica erano state superate dall'intervento dell'amico dello zio.

Ora l'ignoto, che di solito spaventava, non gli faceva più così paura. Sperava solo di riuscire a sostenere i ritmi di lavoro e preghiera e in quel modo fare onore agli insegnamenti di sua madre. Se non altro non avrebbe più dovuto sopportare la fame, le botte e le bestemmie che accompagnavano ogni parola che gli veniva rivolta.

Dopo poco meno di un'ora, non appena passato l'abitato di Revello, il giovanotto andò a cassetta e cercò di allungare lo sguardo per vedere se si scorgesse già la sua meta.

Il vecchio carrettiere, che sembrava far parte integrante del carro, tanto riusciva ad assecondarne i movimenti, intuì le sue intenzioni e gli disse di guardare oltre gli alberi, approfittando della posizione leggermente sopraelevata di quel momento.

«Guarda verso la Rocca del Diavolo - disse - e se hai gli occhi buoni vedrai il campanile alla tua sinistra"

Già ... la Rocca del Diavolo

Rocca di Cavour

Ricordò la storia che sua madre gli raccontava nelle sere d'inverno davanti al camino.

Bergniff il Diavolo, tornato dalla sua raccolta di anime cattive, gettò il sacco che le conteneva in un angolo e si buttò sul piatto di minestra bollente che era sul tavolo, bruciandosi la bocca.

Reso furioso dal dolore, rincorse la serva che l'aveva preparata, per batterla con un bastone. Lei fuggì veloce e riuscì a raggiungere la pianura. Bergniff, ancor più furente, prese un masso grande come una montagna e glielo scagliò contro. Il masso arrivò fino al villaggio in mezzo alla pianura e da allora fa bella mostra di sé.

Il vento che arrivava dal Monviso, però, commosso da quella roccia nuda e sola, le portò fiori e semi di frutti e nel giro di poco tempo il masso si ricoprì di piante così belle che gli abitanti del villaggio fecero a gara per andare in cima a vederlo ed a distendersi fra i fiori dei prati.

Bergniff, incuriosito, salì anche lui, ma nello scorgere sulla punta più alta una croce, si spaventò e nell'indietreggiare cadde nel burrone con un urlo di rabbia. Sua madre diceva che ancora fossero visibili le *"Ungià d'l Diau"* ([11]) sulla roccia dove era scivolato.

Ora avrebbe avuto occasione di vedere la Rocca. La intravide verso nord - est e il suo cuore si fece piccolo.

Staffarda sorgeva in una piana che, da vasta e paludosa foresta, stava pian piano trasformandosi in terra ricca e salubre grazie al prezioso lavoro dei monaci.

---

[11] Unghiate del Diavolo

Il primo Abate era stato Pietro, discepolo di San Bernardo. Celestino II, Papa, pose il Monastero sotto la protezione della Santa Sede nel 1144 e poco dopo l'Imperatore Federico Barbarossa ne confermò i beni e i privilegi.

L'ultimo Abate lo accolse nella sala del Capitolo dove tutti i frati erano convenuti, chiamati a rapporto per ricevere il nuovo venuto.

Come postulante, tramite l'amico di Gaddo aveva già avuto la sicurezza che sarebbe stato accettato, ma restava comunque la parte di prammatica, con cui sarebbe dovuto essere presentato al Capitolo.

L'Abate o il Priore conventuale, infatti, non avrebbero ammesso nessuno se non dopo aver ottenuto l'approvazione ed il consenso di tutto o della maggior parte di esso.

L'Abbazia di Staffarda

La decisione giuridica dell'ammissione spettava alla Comunità ([12]).

[12] Pietro Lippini. La vita quotidiana di un Convento medioevale

L'evento era gradito a tutti, perché portava un po'
di novità nell'attività quotidiana ed era una buona
occasione per azzardare un certo tipo di festa, in
quanto la magra tavola si riempiva in quella
occasione di qualche brocca di vino e di sidro;
potevano perfino scapparci anche alcune tazze di
miele.

L'Abate lo attendeva seduto e, in segno di umiltà
ed affetto, il postulante dovette lavargli i piedi.
Prima a lui, poi a tutti i fratelli.

Finita la cerimonia l'Abate si alzò e lo accolse al
centro del Capitolo con le frasi di rito.

« Cosa chiedi?»

« La Misericordia di Dio e la Vostra »

L'Abate informò il postulante delle regole della
Comunità e concluse con la frase…

«Ti senti di onorare ed osservare queste regole e
prescrizioni per amore di Dio e del Regno dei
Cieli?»

«Lo voglio» rispose lui.

«Secondo le nostre leggi ti impongo un anno di
prova. Vuoi dunque osservare tutte queste leggi
per amore di Cristo e potere con noi un giorno
godere del Regno dei Cieli?»

«Lo voglio con l'aiuto di Dio e col Vostro»

Signore porti dunque a buon fine l'opera che ha
iniziato» e con voce solenne proclamò «D'ora in

poi tu sarai Oberto. Prendi dalle mani del Vestiario([13]) il tuo saio»

Un frate gli porse l'abito e Oberto si spogliò degli abiti secolari. Venne baciato in modo fraterno e lui fece altrettanto con tutti i frati mentre il Cantore intonava il *"Veni Creator Spiritus"*.

«Benvenuto fratello» disse il Priore. Tutti in coro ripeterono ...

«Benvenuto fratello» e cominciarono a cantar le lodi.

Furono due anni sereni.

Aveva pronunciato i voti di castità, povertà ed obbedienza e proprio in conseguenza di quest'ultima si apprestava ora a salutare i suoi confratelli chiudendo le braccia davanti al petto ed abbozzando un leggero inchino.

Il mulo lo attendeva nella piazza di ciottolato davanti alla foresteria, dove i conversi, che avevano imparato ad amarlo per i suoi modi cortesi e l'umiltà che traspariva da ogni suo gesto, si erano riuniti emozionati.

---

[13] Il Vestiario gestiva la "Vestierìa". Egli aveva il compito di custodire, lavare e riparare la biancheria e gli abiti, compresa quella da letto occorrente per l'infermeria, doveva provvedere ai pettini, rasoi e perfino procurare al bibliotecario la stoffa per la rilegatura dei libri. Pietro Lippini. La vita quotidiana di un Convento medioevale.

Il maestro dei novizi, che lo aveva accompagnato nei primi passi da frate e si era affezionato a lui, gli allungò una borraccia di sidro, altri gli misero nella bisaccia un po' di pane bianco, il cui furto avrebbero dovuto poi denunciare nel Capitolo.

Si udì perfino un battere di mani, anche se lo sguardo indagatore dell'Abate non riuscì a coglierne altro che la direzione.

Lo attendevano il Convento di Saluzzo ed il suo Priore.

Era il 1308 ed aveva compiuto 20 anni.

Capitolo VII

Saluzzo in casa Favella, la promessa – aprile 1481

La piccola pergamena arrotolata denunciava tutti i suoi anni. Ormai riposava dentro alla terracotta da poco meno di due secoli.

Antonio, un po'deluso, la tirò fuori e con molta attenzione prese a srotolarla. Era di certo una pergamena di servizio su cui apparivano nomi di derrate e numeri, una specie di contabilità di magazzino. La cosa curiosa era una scrittura fittissima che dai margini andava in tutte le direzioni, come ad ottimizzare lo spazio. Essendo preziose, non era raro che le pergamene fossero riutilizzate, e in questa erano intervenute nel tempo più mani.

Le grafie erano decisamente diverse e la sorpresa fu grande vedendo che il retro era tutto occupato da un carteggio in latino.

Antonio avvicinò la lanterna e ringraziò in cuor suo di aver avuto un padre previdente, il quale in tenera età lo aveva affidato ad un tutore che lo aveva introdotto alla lingua nobile per eccellenza. Furono molte le occasioni in cui conoscere il latino aveva fatto la differenza e proprio una di queste gli aveva fatto guadagnare la fiducia del Marchese e delle autorità ecclesiastiche, aprendogli porte ad altri precluse.

Prese a leggere…

In anno Domini MCCCXIX, ad diem XVIII mensis decembris, egomet Umbertus de RIvifrigidis, Johannis de Rivifrigidis filius, ex ordine cistercensi frater, hoc confiteor atque iuro ...

Sbalordito, Antonio alzò gli occhi dallo scritto e gli fu subito chiaro il motivo per cui 150 anni prima, nel giro di pochi mesi, il Convento fu abbandonato dai Cistercensi ed affidato ai Domenicani. Era stata questa una decisione che aveva stupito la Villa e di cui ancora talvolta si chiacchierava. Nulla però era trapelato, né da parte ecclesiastica né da parte del potere marchionale, fosse anche sotto forma di pettegolezzo o di notizie di corridoio.

Il fatto che proprio non se ne conoscesse il motivo, aveva alimentato molte leggende, ma nessuna, per quanto fantasiosa, era arrivata ad ipotizzare la causa di cui Antonio era ora a conoscenza, ben consapevole che quella pignatta non solo non gli avrebbe portato ricchezze, ma al contrario poteva essere fonte di un sacco di guai. Decise che se ne sarebbe liberato.

La notte era ancora fredda ed umida e solo la settimana prima una nevicata aveva spolverato il

Borgo. Tirò su la coperta di pelliccia con la quale copriva il grande letto a tre piazze ormai diventato consuetudine nelle famiglie agiate. I broccati ed i taffetà piacevano alle donne ed alla servitù, che ne godeva di riflesso, ma quando si trattava di stare al caldo, una buona coperta di orso o di lupo faceva la differenza.

Il camino nell'angolo vedeva ormai solo più qualche piccolo tizzone combattere contro gli spifferi, che, nonostante i salamotti di segatura, riuscivano sempre ad avere la meglio. Antonio si strinse attorno alle nudità della moglie per accaparrarsi un po' di calore, visto che l'unico abbigliamento comunemente utilizzato per la notte era una cuffia ([14]).

Il mattino seguente entrò nell'ampia cucina e la vide armeggiare con la catena del focolare, presa da una battaglia con un fuoco che non aveva alcuna intenzione di accendersi. Era da poco passata l'alba e i primi chiarori faticavano a farsi strada nel grigio invernale di quella mattina.

«Non hai dormito, vero, marito mio? Ho sentito che ti giravi e rigiravi nel letto»

«No» rispose lui e si decise a raccontare quanto successo il giorno precedente.

---

[14] Au lit: sans chemise sans pyjama, Historia 656 / Jean Verdon. Medioevo a nudo Jean Verdon tradotto da Dolores Boretti

La moglie lo ascoltò con interesse e quando lui le confidò che pensava fosse meglio bruciare la pergamena, per un momento restò in silenzio.

«Non è giusto – si girò decisa e, appoggiata al gomito, fissò gli occhi nei suoi - Quel povero frate deve aver sofferto le pene dell'inferno per arrivare ad un tale gesto di disperazione»

«Certo, e allora? Cosa vuoi che faccia? Che dica al Priore che ho rubato una pignatta nascosta nel suo Convento? Che vada a rompere quanto oggi ho ricostruito per rimetterla dentro? Che vada dal Marchese a dirgli che il suo avo ha cacciato i frati per un motivo che di certo lui conosce benissimo e intende far restar segreto? Vuoi vedermi chiuso in una berlina con le gambe a penzoloni? O magari bruciato come un valdese che predica eresia?»

La moglie tacque sapendo che aveva ragione, ma al contempo convinta che un tale atto di denuncia, di coraggio e di disperazione non avrebbe dovuto essere consegnato all'oblio della Storia.

«Nascondilo – disse - e mettilo anche tu in un posto dove qualcuno prima o poi possa trovarlo e rendere giustizia a questo povero frate disperato. Deve trovare la sua pace. Forse non è questo il tempo giusto, ma sta vagando nell'eternità ed ha tutto il tempo dalla sua»

«Quel poveraccio starà bruciando fra le fiamme dell'Inferno» disse Antonio.

«Non è detto, Dio sa riconoscere la sofferenza e forse ha qualcosa in serbo per lui - rispose la moglie - E comunque non hai il diritto di decidere tu»

«Ci penserò su, donna» disse volgendo lo sguardo verso il Monviso che il primo sole stava illuminando.

Lei si girò ad armeggiare col fuoco, ma sorrise in cuor suo, perché sapeva che avrebbe preso la decisione giusta. Il fumo che aveva invaso la stanza uscì di colpo risucchiato dalla canna del camino. Le sembrò un buon auspicio.

La sera Antonio tornò qualche ora prima e, individuato un buon posto sotto l'architrave del tetto, ricavò una nicchia al riparo dell'umidità. La rivestì con un foglio di rame, e chiuse le giunture con la pece. Poi restò in silenzio a rimirare il nascondiglio. Mise all'interno la pignatta e le sigillò a pece anche il bordo, poi richiuse il tutto con due file di mattoni. Soddisfatto del suo lavoro, scese in cucina e confidò il segreto alla moglie.

«Ho fatto come hai detto tu. Qualcun altro scoprirà il segreto del frate e deciderà il da farsi. Se uno di noi due dovesse morire, dovrà avvisare nostro figlio spiegandogli tutto per bene, e sarà la nostra famiglia che prenderà la decisione di rivelare al mondo l'accaduto. Nella speranza che questo porti pace all'anima di quel povero frate»

«Ben fatto, marito mio. Così sarà»

Capitolo VIII

Saluzzo, emulando Arsenio Lupin - 2017

Pietro rimuginava mentre scendeva per quei meravigliosi viottoli della Saluzzo antica che le avevano meritato l'appellativo di Siena del Piemonte. Una nebbiolina leggera era calata sulla Città e smorzava i colori e le grida rauche delle taccole che urlavano nel cielo grigio al suo passaggio.

Capiva di aver commesso un errore che poteva compromettere tutto. Adesso sarebbe stato obbligato a fare qualcosa che mai avrebbe ritenuto possibile: compiere degli illeciti. Non era nel suo carattere, al di là del fatto che si sapeva così maldestro da essere molto più a rischio della media degli umani nel territorio dell'illegale.

Cercò di capire quali potessero essere le strategie, quali i modi, i tempi e soprattutto i rischi. In realtà, al solo pensiero dei rischi, gli si accapponava la pelle, soprattutto se pensava ai suoi allievi. Oltre agli amici, ai parenti... a tutti. Vero che non avrebbe fatto nulla per vantaggi personali, ma era certo che il codice penale non ne avrebbe tenuto conto. Forse avrebbe dovuto spiegare il tutto a Padre Gaudenzio, ma era sicuro che quel canale si fosse irrimediabilmente chiuso. Non gli avrebbe ancora permesso di salire, tanto più munito di mazzetta e scalpello.

Decisamente escluso.

Forse avrebbe potuto coinvolgere qualcun altro nella ricerca, ma l'ostacolo si sarebbe ripresentato e per nulla al mondo il frate avrebbe corso il rischio di far salire altri.

Anzi, si sarebbe insospettito.

Impossibile!

Del resto, impensabile parlarne con qualche autorità. Figuriamoci se qualcuno avrebbe sostenuto una ricerca del genere sulla base dell'intuizione bislacca di un non addetto ai lavori.

E al solo pensiero di mettere in moto la macchina burocratica, gli si attorcigliavano le budella. L'unica strada era quella di giocare la carta "Arsenio Lupin". Per fortuna il copione non prevedeva armi, perché era sicuro che si sarebbe sparato in un piede.

Occorreva un piano d'azione.

In realtà poteva essere facile: avrebbe dovuto aspettare la chiusura della Chiesa di nascosto, fare tutto quello che serviva e poi aspettare la riapertura.

Avrebbe goduto di due finestre temporali.

Una a mezzogiorno, perché a quell'ora il frate faceva accomodare all'esterno i visitatori per poi riaprire nel pomeriggio. Questo però a discrezione, senza un calendario orari ben preciso. Oppure approfittare della notte: ci sarebbe stato più tempo, ma avrebbe dovuto lavorare al buio; e comunque una torcia elettrica avrebbe potuto attirare l'attenzione. Non diverso operare di giorno. Un tizio che menava mazzettate a metà campanile sarebbe stato notato subito e con tutti i cellulari in giro, il rischio di essere scoperto ed individuato era altissimo. Il giorno dopo sarebbe stato su qualche Social.

Andava fatto di notte.

Il primo pensiero, e non a caso, andò all'ora della cena. Pietro amava la buona cucina e per lui le gambe sotto il tavolo erano una *"conditio sine qua non"*. L'idea di buttar giù un panino al freddo, aspettando che arrivasse l'ora, non lo entusiasmava. Specie sapendo di dover attendere fino al mattino che la Chiesa riaprisse.

Forse c'era una soluzione. Si sarebbe fatto chiudere dentro e poi sarebbe uscito dal chiostro, confondendosi con i clienti del Ristorante che condivideva lo spazio comune. Anzi... ideona... avrebbe potuto cenare al Ristorante con moglie e suoceri, accampare una scusa durante la cena, uscire nel chiostro, entrare in Chiesa e compiere la sua missione. Sì, poteva funzionare...

Avrebbe dovuto studiare bene i tempi, trovare una scusa solida per assentarsi e soprattutto assicurarsi che Padre Gaudenzio non bloccasse la sera l'antica chiusura a leva che fungeva da serratura alla porta secondaria che dava sul chiostro. Non doveva lasciarsi turlupinare dal caso, doveva prevedere tutto.

Ad esempio avrebbe dovuto nascondere gli attrezzi per scalzare il mattone. Fra l'altro sarebbe stata un'ottima occasione per utilizzare la lampada da campeggio frontale che gli era stata appena regalata per Natale, insieme ad un'altra cosa che aveva scatenato il bambino che c'era in lui: un drone. Avrebbe anche dovuto controllare il meteo per prenotare la cena. Pessima cosa dover giustificare un ritorno bagnato come un pulcino.

Sarebbe servita la complicità di sua moglie, ma quella era scontata. Anche lei si era appassionata quando le aveva confidato le sue scoperte. Anzi, proprio lei poteva fornirgli l'alibi per la fuga temporanea.

Sì! ... il piano cominciava a prendere forma, ma doveva anche verificare gli orari di chiusura serale, se ci fossero impianti d'allarme e un'eventuale serratura della porta. Ricordava quest'ultima come un semplice saltarello, praticamente un batacchio a leva che, con una semplice pressione, alzava un chiavistello il quale per gravità teneva chiuso il battente. Altrettanto semplice il blocco, fatto con un chiodo che fermava il meccanismo. Se avesse fatto sparire il chiodo, con tutta probabilità, non avendone uno sottomano, Padre Gaudenzio per quella notte avrebbe lasciato le cose come stavano. Era fatta.

Leggeva il Menù e mentre fingeva di appassionarsi alla scelta fra una Battuta di Fassona e i Gnocchetti del Convento, ripassava il programma. Sua moglie sfoderava una calma da vero agente segreto, mentre con aria indifferente chiedeva al cameriere cosa fossero i Gobbi alla piemontese. In effetti anche lui non ne aveva mai sentito parlare...

Quando fecero l'ordinazione, come convenuto, sua moglie si portò la mano alla bocca e da vera attrice consumata se ne uscì con un...

«Hai messo l'antifurto?»

«Certo, cara»

«La gatta era fuori, vero?»

«Accidenti ... no! Se si muove e lo fa scattare, svegliamo tutti e arrivano i Carabinieri. Faccio un salto veloce a casa, voi iniziate pure»

«Vuoi che ti faccia compagnia?» domandò suo suocero.

«Ti ringrazio, non è necessario e poi mica possiamo lasciar sole le signore... - rispose facendo l'occhiolino - Davvero, iniziate senza problemi, che arrivo subito»

Pietro, come nella miglior tradizione delle *spy stories*, premette il tasto del cronometro per tener sotto controllo il tempo trascorso. Uscì dalla sala ristorante e sgattaiolò nel chiostro.

Tirò fuori in modo teatrale una sigaretta da un pacchetto comprato per l'occasione. Non aveva mai fumato e si stupì del costo di un pacchetto di sigarette: 4 euro e rotti per farsi del male... bisognava proprio essere fessi.

Girò a sinistra e ruotò lo sguardo per assicurarsi che non ci fosse chi potesse scorgerlo. Pochi passi e si ritrovò in corrispondenza della porticina. Premette il saltarello, non senza l'apprensione di verificare l'esattezza della sua teoria. Se fosse stata bloccata avrebbe dovuto inventarsi qualcos'altro.

La porta si aprì senza nessuna resistenza e lui, ormai calato nella parte, entrò nel buio della Chiesa tirando fuori dalla tasca la luce frontale rossa.

Fece pochi passi verso la scala d'ingresso della torre e quando i suoi piedi toccarono il secondo gradino, il cicalino di una sirena che aveva visto tempi migliori cominciò a suonare. Maledizione! Padre Gaudenzio aveva fatto installare un antifurto e lui si era dimenticato di verificare, nonostante lo avesse messo in preventivo.

Continuò a salire i pochi gradini e guadagnò la porticina in legno sperando che il frate non intervenisse oppure che dopo un sopralluogo pensasse ad un falso allarme. Ormai era dentro al campanile e di sicuro lì non ci sarebbero stati radar antifurto.

Salì le scale in metallo, con le mani sudate ed il cuore che batteva a mille. Pochi minuti ed era all'esterno, proprio di fronte ad uno dei quattro pinnacoli ottagonali che delimitavano gli angoli della torre. Dette un'occhiata al cronometro.

Erano passati 4 minuti. Cominciò l'arrampicata mettendo le mani una dopo l'altra sui gelidi scalini in ferro arrugginiti dal tempo.

Aveva pensato a tutto, ma non ai guanti. Tre, quattro, cinque, buttò l'occhio in alto e vide il suo obiettivo. Il dodicesimo scalino. Ci agganciò una cintura di sicurezza che gli avrebbe consentito di avere tutte e due le mani libere e cominciò a raschiare con un piccolo scalpello la calce che teneva il mattone inchiavardato agli altri.

Una luce blu ad intermittenza attirò la sua attenzione una trentina di metri più sotto. Carabinieri! L'antifurto doveva essere collegato con la caserma della Città oppure Padre Gaudenzio li aveva chiamati.

Sentì una morsa nello stomaco, più o meno come quella che provava quando partecipava ad uno di quei maledetti concorsi che potevano determinare la sua vita futura. Anche qui sarebbe stata in gioco, ma stavolta non per un concorso.

Si immaginava già a dover dare spiegazioni, rispondere a domande, sostenere sguardi di disprezzo.

Decise di non farsi coinvolgere dall'emozione e si concentrò sull'ispezione della parete. In fin dei conti non ce lo vedeva proprio un Carabiniere a fare un sopralluogo fin sulla torre.

La calce era poco consistente e venne via con molta facilità, quasi come se qualcuno avesse avuto intenzione di rendere il suo lavoro meno gravoso. Gli ci vollero pochi minuti e già il mattone muoveva. Con lo scalpello fece leva e ringraziò di non aver dovuto utilizzare la mazzetta, il cui rumore avrebbe potuto attirare l'attenzione giù in basso. Le luci continuavano a lampeggiare e non davano alcun segnale di rinuncia. I Carabinieri stavano facendo bene il loro lavoro.

Scalzò la malta con pazienza e finalmente riuscì a creare uno spazio sufficiente per fare leva. Dette uno sguardo all'orologio. Già 15 minuti... infilò lo scalpello all'interno e spinse con forza per cercare di risparmiare tempo. Il mattone saltò come un tappo di vino frizzante e nel colpirlo sul ginocchio, gli fece perdere l'equilibrio per un attimo, per poi iniziare a rimbalzare di scalino in scalino con dei tintinnii così potenti che a Pietro sembrò si fossero messe in moto tutte le campane.

Un ultimo tonfo e si schiantò fra il pinnacolo e la porta rompendosi in due pezzi, di cui uno, restò miracolosamente in bilico sul bordo.

Sudò freddo mentre lo immaginava schiantarsi sul tetto della Chiesa o magari sull'auto dei Carabinieri.

Si immobilizzò e di colpo il silenzio innaturale che lo avvolse gli sembrò un presagio sinistro. Spense la luce e si sforzò di guardar giù per vedere se ci fosse qualcuno in allarme. Nessun movimento. Forse erano all'interno della Chiesa e potevano non aver sentito nulla.

Guardò l'ora: già 23 minuti.

Doveva rientrare. Riaccese la luce ed illuminò la cavità che si era formata al posto del mattone.

Vuota! Assolutamente vuota. Tutto per niente, allora!

Di colpo ritornò la sensazione di sconforto che aveva provato alla prima ispezione. Immaginò i suoi allievi ridere di lui. Guardò ancora in cerca di una traccia, un segno. Niente di niente, solo polvere di mattone e piccoli frammenti di calce.

Il freddo pungente gli aveva intirizzito le mani. Decise di scendere e quando arrivò all'ultimo scalino si accorse che le luci lampeggianti si allontanavano. Fece un sospiro di sollievo. Almeno una cosa era andata per il verso giusto. Guardò sconfitto il mattone in bilico e lo prese in mano per evitare che cadesse ancora.

Non poteva credere ai suoi occhi: la parte superiore del mattone recava una scritta.

Anzi, per la verità una mezza scritta, perché l'altra metà era da una qualche parte a lui sconosciuta. Non riusciva a leggere, ma l'avrebbe fatto in seguito.

L'importante era che la sua teoria a questo punto avesse una conferma.

Doveva recuperare l'altro mezzo mattone. Dove diavolo era finito?

Capitolo IX

Saluzzo, il Priore di San Giovanni - 1318

Lo guardarono arrivare in silenzio nella nebbia che si diradava ai primi tepori del mattino. Quattro galline si contendevano i pochi fili d'erba rimasti sull'aia, mentre una donna china la spazzava con una ramazza di saggina che aveva visto tempi migliori. Al suo apparire gli uomini si alzarono coi copricapi in mano in segno di saluto e deferenza. Il suo sorriso dolce era di buon auspicio all'inizio di un nuovo giorno, ma sapevano che l'uomo della questua si sarebbe aspettato un'elemosina che per loro avrebbe rappresentato un sacrificio.

Poche rape strappate ad una terra avara a volte potevano fare la differenza, ma la tradizione e la benevolenza di qualcuno, che avrebbe potuto far da tramite fra un peccatore e l'Onnipotente, nulla potevano perfino contro l'ignoto del futuro e la fame del presente.

«Laudetur Jesus Christus» «Dominus vobiscum»

«et cum spiritu tuo» dissero insieme cadendo in ginocchio. *«Nunc et semper»* rispose Oberto mentre con le mani disegnava in aria la croce.

Una giovane donna apparve ad un uscio trattenendo, con la mano chiusa, un grembiule dal quale facevano capolino poche radici e Oberto aprì la bisaccia per incamerarle.

Gli occhi della donna esprimevano tristezza infinita e il frate intuì una fugace occhiata d'odio che non si aspettava e tantomeno comprendeva. La scrutò a disagio e intravide nell'ombra, attraverso lo spiraglio della porta, il viso di un bimbo. Si avvicinò all'uscio e interrogò con lo sguardo la donna, come a chiedere il permesso per entrare. Lei, con gli occhi bassi, annuì.

La porta si aprì con un cigolio ed all'interno due marmocchi coperti di stracci vegliavano un fagotto che sembrava respirare a fatica. La magrezza dei bambini turbò l'animo di Oberto, che ricordò come anche la sua famiglia avesse dovuto confrontarsi con la miseria e la fame. Capì il sacrificio di quei poveri contadini e cadde a sua volta in ginocchio per immergersi nella preghiera.

La sua vita passata sfilò davanti agli occhi e si rese conto che neppure quando gli era sembrato di soffrire tanto era arrivato così vicino alla vera sofferenza di vedere un figlio consumarsi per la fame. Finì la preghiera e aprì la bisaccia.

Prese le poche rape e le restituì alla donna che, con le lacrime agli occhi, fece un gesto come per rifiutare. Poi, convinta dal sorriso e dallo sguardo sereno di Oberto, allungò le mani per prendere quelle del frate e baciarle. Il questuante le impartì la benedizione ed uscì per respirare l'aria fresca del mattino, sperando di riuscire così a scacciare quel groppo che gli si era formato in gola. Gli uomini, ancora col capo chino e lo sguardo basso, faticavano a nascondere la vergogna di non poter far di più.

Salmo 118, il Profeta dice *"Nel cuore della notte mi alzo a renderti lode"*

La Regola scandiva le ore, i minuti ed i secondi della sua vita. Il suo orologio il sole e il lavoro manuale, che alternava alla preghiera, gli liberavano la mente.

Frate Oberto si era spaventato nel vedere che sempre più spesso pensava alla preghiera come ad un qualcosa di estraneo da far scorrere velocemente in attesa del lavoro, che invece riusciva a toccare con mano, a gestire e a far progredire.

Non che fosse mutata la sua Fede in quei dieci anni, ma l'esser andato a predicare e a conoscere il mondo, aveva creato sconquassi nelle sue certezze. Vedere le agiatezze del Clero e dover convincere sfortunati contadini che fosse giusto così, cominciava a creargli imbarazzo. Durante la questua nelle campagne incontrava povere genti che con umiltà obbligavano i suoi occhi a vedere le ingiustizie.

Proprio durante il periodo invernale, quando le ore di luce si erano rarefatte, dedicare più tempo alla lettura e alla meditazione, soprattutto nel lungo intervallo che separava le Vigilie dalle Lodi, lo aveva messo in condizione di lasciar prender forma a pensieri che avrebbero dovuto rimanere celati alla sua mente.

Le umili origini contadine gli permettevano di conoscere e condividere le sofferenze di un popolo che, stretto fra miseria, carestie e razzie, vedeva morire i suoi figli.

Una bocca in meno da sfamare era stato uno dei motivi che aveva fatto adottare in famiglia la soluzione del Convento. Non che questa decisione non avesse anche altri fini, ma questa era un'altra storia. Quella bocca in meno avrebbe fatto la differenza per la sua famiglia e lui aveva accettato il sacrificio di buon grado, sia per questo che per altri motivi ormai seppelliti nel passato.

La tristezza velava sempre più spesso i suoi occhi e temeva che i suoi confratelli lo percepissero.

Il Priore, durante le orazioni, sembrava osservarlo con attenzione, quasi fosse in grado di leggergli dentro.

Aveva avuto questa sensazione al Capitolo, un momento importante in cui tutti i membri che avevano pronunciato i voti partecipavano al martirologio, col richiamo di tutti i santi che si celebravano in quel giorno. Poi, dopo una breve orazione e la lettura di un brano della Regola di San Benedetto, arrivava il momento che sempre di più gli procurava vere e proprie crisi di panico.

Una fase meno formale, ma più drammatica del Capitolo, nella quale il Superiore invitava tutti i partecipanti a presentarsi per accusarsi in pubblico di mancanze e trasgressioni in cui potevano essere incorsi nei confronti delle molteplici norme o regolamenti dell'Ordine. In casi di evidente riluttanza, era concesso ad altri monaci di accusare i fratelli sospetti.

Ogni volta che toccava a lui, nell' esternare quelle che erano le manchevolezze occorse, guardava di sottecchi quell'uomo dall'aria severa, che era sicuro lo osservasse, anche quando i suoi occhi erano rivolti al cielo in estasiata preghiera.

E una sensazione di disagio si impadroniva della sua anima ...

Capitolo X
Convento di San Giovanni, La confessione - 1319

Oberto zappettava con lena il terreno attorno alle rose. Un lavoro lieve rispetto a quello svolto a Staffarda, dove si trasformavano terreni acquitrinosi in campi fertili e rigogliosi.

Il peso del lavoro manuale variava molto a seconda delle stagioni: più faticoso in estate, più leggero in inverno. I lavori quotidiani in campagna erano compito dei fratelli conversi, ma nei periodi di aratura o mietitura tutti i monaci erano impegnati. In quei casi, la messa mattutina era celebrata qualche ora prima, poi si usciva per il lavoro.

La giornata trascorreva tra preghiere e canti. Poi i pasti regolari. Nella stagione dei lavori erano sospese le norme del digiuno e veniva distribuita una libbra e mezza di pane accompagnata da una bevanda di latte e miele. Alla sera un sonno ristoratore accordava sollievo alla sensazione di ossa rotte che ancora era ben presente nella sua memoria.

Ora il lavoro era più leggero e a volte nascevano veri e propri momenti di ozio. Anche questi da confessare nel Capitolo.

L'ozio era considerato un vero e proprio pericolo. Specie nelle corte giornate invernali, quando il lavoro esterno finiva presto. Nei Monasteri, per arginare il pericolo, vigevano disposizioni affinché, in precisi momenti della giornata, ci si dedicasse allo studio delle Lettere, alla Lectio o altri esercizi di pietà. Per i monaci illetterati o incapaci di studiare, erano previste attività come la copiatura, la pittura, la tessitura, il rammendo dei paramenti, la rilegatura dei libri o altre simili, che li tenessero sempre occupati.

Al solo pensiero di dover essere notato in ozio e denunciato al Capitolo, Frate Oberto provava un senso di profondo malessere, visto che la penitenza comportava atti di umiliazione, digiuno, destituzione da un ufficio o perfino punizioni corporali inflitte al momento. In casi gravi, era prevista la scomunica, l'espulsione e anche la prigione.

In ogni Abbazia importante erano state costruite prigioni per situazioni di indisciplina, aggressività e ribellione. Perfino il mondo secolare, a volte, approfittava di queste strutture, facendo scontare pene a delinquenti comuni, criminali incalliti e incorreggibili, sulla detenzione dei quali però i monaci erano tenuti rigorosamente al segreto.

Oberto, immerso nei suoi pensieri, vangava e strappava erbacce, quando sentì una voce profonda alle sue spalle.

«Ti ho osservato, fratello e ho capito che il tuo cuore è pieno di segreti che hanno necessità di trovare rifugio»

Il Priore lo guardava fisso negli occhi, quasi a volerlo intimorire e per la verità ci stava riuscendo. L'uomo, di bassa statura, un po' stempiato, col naso aquilino e le labbra strette che sembravano una fessura, era in grado di trasmettere un senso di pericolo anche quando sorrideva. E non sorrideva mai.

«Padre, non passa giorno senza che cattivi pensieri mandati dal Diavolo non si affaccino alla mente di un povero frate, ma proprio il Signore ci ha insegnato come la preghiera sia il modo migliore per farne fronte» rispose con un sorriso che fu accolto male dagli occhi del Priore.

«E' una buona cosa, fratello - disse il Superiore - io stesso spesso applico questa regola. Dobbiamo essere forti ed aiutarci l'un l'altro a superare le difficoltà e le occasioni di peccato. Accadono anche ad un Priore momenti difficili e solo nella preghiera si trova conforto. Il Diavolo è sempre in attesa di divorare qualcuno»

Oberto rimase perplesso di fronte a questa candida ed inaspettata confessione, peraltro in un contesto completamente avulso dalla sede deputata.

Era già inusuale che ci si rivolgesse la parola e comunque fu lusingato dell'attenzione che gli era stata dedicata, un deciso passo avanti rispetto all'antica regola che prevedeva di comunicare quasi esclusivamente col linguaggio dei segni.

I segni, tracciati con le dita o con le braccia, non potevano comunque essere usati per fare vere e proprie conversazioni ed avevano soltanto lo scopo di trasmettere messaggi o istruzioni semplici. Ne erano conosciuti ed utilizzati più di 200 e Frate Oberto ne conosceva solo alcuni, anche perché era ormai accettata la parola in caso di necessità. Certo non bisognava abusarne. Per questo motivo, vedere il Priore concedersi ad una conversazione, che era permessa in pochissime fasi della vita quotidiana, gli trasmise ansia.

Specie sentendogli poi pronunciare le parole…

«Ti devi confessare a me»

Oberto era stato deputato alla raccolta delle elemosine e una volta al mese usciva dal convento per la questua. Tornare con un po' di farina, dono di gente povera, per la verità lo metteva a disagio.

Ormai gli orti coltivati dai frati, oltre a quanto procurato dai fratelli conversi, aveva permesso una costante crescita della qualità della vita, ben superiore a quella di coloro che, nonostante ne avessero una ben peggiore, non si facevano pena nel donare a chi tutto sommato già aveva.

E l'episodio dei bimbi denutriti tornava ricorrente nella sua mente.

Decise di parlarne al Priore in confessione.

Sentiva di potersi aprire, perché da tempo si era accorto di attenzioni nei suoi confronti che lo avevano ben disposto. Vedeva in quegli atteggiamenti ed in quegli sguardi una specie di amorevole protezione che mai aveva avuto in vita sua. Dopo la morte di sua madre beninteso.

Liberò i suoi pensieri nel confessionale ed il silenzio con cui il Priore accoglieva le sue parole lo stimolò a raccontare tutto quanto albergava nel suo cuore. Man mano che parlava sentiva di avere condivisione ed approvazione. Per la prima volta permise che gli abissi della sua mente si aprissero al ricordo di quando Gaddo gli usò violenza.

Si sentiva svuotato, ma finalmente anche libero.

«Fratello - disse la voce profonda e grave del Confessore - quella che alberga nel tuo cuore è l'eresia, opera del Demonio»

Ad Oberto si gelò il sangue.

«Devi espiare le tue colpe e non basterà di certo la preghiera. Dopo la Compieta raggiungerai la Sala del Tribunale»

La Sala del Tribunale esisteva quindi…

In pochissime fugaci occasioni, fra parole mormorate e segni occulti e veloci scambiati in Capitolo, aveva intuito che qualcuno ci avesse avuto a che fare, per lo più in seguito a pubbliche confessioni in relazione a fatti occorsi e mancanze più gravi.

Gli sguardi di compatimento dei fratelli avvisavano che si dovesse trattare di punizioni temute, ma per la verità non erano occasioni così frequenti. Ora ne avrebbe fatto personale conoscenza.

Gli parve strano che il Priore accettasse la sua confessione e non la destinasse al Capitolo, così come il fatto che, a differenza dalle poche altre occasioni in cui aveva assistito alla condanna, il reo confesso fosse stato accompagnato da due frati, mentre a lui era chiesto di recarvisi da solo. Quasi come se il fatto non dovesse essere noto.

«Dio, vieni a salvarmi…»

Le prime parole della Compieta scorrevano veloci sulle sue labbra, mentre il panico lo stava aggredendo alla bocca dello stomaco. Aveva confuso quel silenzio con la benevolenza, mentre in realtà si stava trasformando in una catena. O forse no, forse era giusto così, avrebbe espiato e forse dopo questa liberazione la sua anima avrebbe rivisto il sole…

Si tranquillizzò e finì la preghiera.

«Confiteor Deo omnipotenti et vobis…»

Mentre i confratelli si avviavano al riposo notturno, lui, ultimo della fila, cambiò percorso per la destinazione ordinata. Il fratello che lo affiancava lo notò ed abbassò gli occhi. Oberto intuì nel suo atteggiamento la consapevolezza di qualcosa che a lui non era dato conoscere.

Ma una cosa era certa: sentì su di sé uno sguardo di compatimento e di orrore. Una brutta sensazione lo avvolse, mentre a rapidi passi guadagnava la scala che lo avrebbe portato alla Sala del Tribunale.

La struttura del convento aveva sedici camere, un salone vicino al coro e un altro alla destra in corrispondenza della strada maestra. Sotto questo, altre due stanze con in fondo la prigione ed altre due stanze ancora. Un Claustro, detto *"dei morti"*, dov'erano a lato la Sagrestia, il Capitolo e sopra un granaio. Nella parte interna la camera del fuoco e la cucina col refettorio, sotto il quale la cantina. Dall'altra parte, a sinistra del Claustro, c'era la sala dell'Inquisizione o del Tribunale e dopo questa un vecchio fabbricato che una volta serviva per il ricovero dei monaci molto anziani, ora adibito a legnaia. Vicino a questa costruzione, tre piccole stalle ed un orto di sette tavole ([15]).

La Sala del Tribunale era in realtà una stanzetta che fungeva da anticamera della prigione ed anche

---

[15]Centesima parte della "giornata piemontese" che allora misurava 3800,95 mq (D.Muletti Storia di Saluzzo Descrizione dello Stato presente della Città)

da luogo di interrogatorio per l'Inquisizione del Sant'Uffizio di Savigliano.

La probabile sala degli "interrogatori"

Se ne rese subito conto appena entrato, nel vedere ceppi e strumenti di tortura. Durante le questue, ne aveva sentito parlare con terrore da poveri contadini che, quando capirono di potersi aprire all'animo generoso e pio del frate, avevano raccontato di fatti occorsi a conoscenti e parenti.
La domanda che veniva prima sussurrata e ora urlava nella sua mente era...

«Se i Vangeli predicavano la povertà e l'amore per il prossimo, perché il clero non viveva secondo tali precetti?»

Ma questa domanda poteva portare all'abisso.

La persecuzione dell'eresia era diventata in quegli anni elemento basilare della chiesa, che dopo aver provato a fronteggiare i Catari con la predicazione e l'opera di convincimento, aveva deciso di passare alle maniere forti dopo l'uccisione dell'Abate cistercense Pietro di Castelnau nel 1208.

Per la verità i Catari aborrivano le armi e consideravano non solo l'omicidio, ma addirittura l'uccisione di animali atti contro Dio. Questo però non costituiva un'attenuante per il Papa, che non poteva accettare di veder messo in predicato il Potere temporale della Chiesa.

Papa Innocenzo III utilizzò questo episodio per addossare loro la colpa, scatenando la crociata contro gli abitanti di Alby e Bezier, dove ventimila innocenti e disarmati furono passati a fil di spada o bruciati.

Oberto, in modo ingenuo, aveva fatto eco di queste mozioni proprio con un Priore cistercense, nemico per definizione dell'eresia.

Nell'entrare nella stanza illuminata da due torce, si aspettava di essere attorniato dal Consiglio per essere giudicato. Invece, lo attendeva il solo

Priore, la fronte sudata ed un'espressione spiritata sul volto.

«Pentiti, fratello e abiura!» gli urlò con quanta voce aveva in corpo, colpendolo nel frattempo con uno staffile.

Il terrore si impadronì del povero monaco, che non capiva cosa dovesse abiurare, dato che di certo non aveva aderito all'eresia.

E altrettanto si guardava intorno disperato, cercando di vedere se altri fossero presenti, onde poter chieder loro di intercedere e avere compassione. Una gragnuola di colpi si abbatté su di lui. Cercava di ripararsi come poteva, con pianti e gemiti, implorando e pregando.

Poi vide l'espressione e riconobbe in quegli occhi la follia di Gaddo.

Fece ritorno, appena in tempo per le Vigilie e gli sguardi che lo accolsero gli fecero capire che tutti erano ben consci di quanto fosse occorso. Non tanto per i lividi di staffile che gli attraversavano il viso, ma per quelle ferite che non si vedevano, ben nascoste all'interno dell'anima.

Ferite di cui anche altri avevano coscienza. Pregò con fervore, interrotto solo dai singhiozzi, fino a quando un improvviso senso di caldo gli salì dalle gambe al viso, gocce di sudore freddo gli imperlarono la fronte ed il buio lo avvolse.

Si risvegliò nell'infermeria dove, nella visione annebbiata, si materializzò lo sguardo amorevole di un confratello che gli applicava con delicatezza gli impiastri sulle ferite.

L'acre odore della canfora forniva conforto, anche se il dolore era ancora vivo e forte.

Il suo sguardo rassegnato lo convinse che in quel convento la sofferenza era di casa e che solo ora lui aveva potuto prenderne coscienza.

Capitolo XI

Paschero di Propano, il Duca di Savoia - 1486

Erano passati 5 anni e il piccolo Francesco si faceva ogni giorno più forte. Un degno erede.

Fu in un'alba di furiosa pioggia, in cui già la notte aveva fatto intendere che sarebbe durata a lungo, che la *baudetta* cominciò a suonare, prima piano e poi sempre più forte, a richiamare l'attenzione di tutti. Quella campana era usata nelle ricorrenze, scandiva le ore oppure richiamava i notabili alle riunioni ed ai loro impegni cittadini. Era però utilizzata anche per gli allarmi e le riunioni straordinarie. E in quella fredda alba di ottobre la durata e l'insistenza dissero a tutti che non si trattava di semplice consuetudine.

Antonio era fra quegli uomini alla fiducia del Marchese, che avevano un ruolo di organizzazione e sapeva che quei rintocchi erano anche per lui.

Per uno strano gioco del destino, tempo prima, dopo una partita a *rubatte* ([16]) nell'osteria della piazza davanti al Convento, fra risate e fiumi di vino, aveva raccontato ad alta voce di certi scalpellini spagnoli con cui aveva avuto l'avventura di lavorare alla Grotta delle Traversette. Gente decisa, dai modi spicci e sbrigativi, che non si faceva scrupolo ad usar pugnali. Erano rinchiusi nella fortezza di Revello in attesa di scontare una pena che li avrebbe portati a pendere da una forca.

Qualche settimana dopo, mentre si apprestava ad andare al lavoro, trovò il decano ad aspettarlo, un messo comunale designato dal Marchese che, su suo ordine, lo accompagnò al Castello. Non era un fatto usuale e la cosa non mancò di turbarlo.

Fu introdotto, con sua grande sorpresa, al diretto cospetto di Ludovico e di un giovanotto di una ventina d'anni che rimase defilato, ma che lui riconobbe essere Andrea Giovanni di Castellar.

Il Marchese, senza preamboli, gli chiese di essere disponibile ad entrare al suo servizio.

---

[16] Bocce

Quando Antonio, emozionatissimo e lusingato, con un inchino, dette assicurazioni in merito, con un cenno della mano indicò il giovanotto senza presentarlo. Questi si fece avanti e lo introdusse in un'altra stanza.

«Abbiamo motivo di credere che il Marchese sia in pericolo – disse con aria grave mentre guardava fuori della finestra – e abbiamo saputo che voi conoscete di persona due marrani che potrebbero esserci di aiuto»

Antonio si sentì a disagio nell'essere accomunato a due poco di buono e lo guardò con aria interrogativa.

«Non capisco, Signore, non sono solito frequentare marrani» rispose con un certo vigore che sfiorava l'impudenza.

«No, certo, li avete conosciuti accidentalmente lavorando alla grotta delle Traversette»

Antonio tirò un respiro di sollievo, intuendo la genesi del tutto.

«Ah, vero, ne parlavo proprio tempo fa con certi amici. Sì, li conobbi in quell'occasione. Gente poco raccomandabile, che mi sembra peraltro essere in prigione nel castello di Revello»

«E' così, ma vedete... forse potrebbero essere graziati... se potessero essere in grado di offrirci dei servigi»

«Capisco – disse Antonio – ma io come posso aiutarvi?»

«Voi andrete a Revello e chiederete loro di agire per conto nostro in difesa del Marchese. Scipione, il bastardo di Giovanni IV, l'Abate di Tilieto, vorrà attentare alla sua vita. E'importante che venga fermato prima che possa portare a termine il suo progetto. Se riusciranno nell'intento, avranno la grazia. Se dovessero fuggire, abbiamo le loro famiglie»

«Farò come dite» rispose Antonio.

«Bene, andate e riferite» ([17])

La missione, svolta con efficienza, avrebbe consentito ad Antonio di essere considerato fra i

---

[17] In quel tempo il Marchese era preoccupato per l'opposizione incontrata al suo progetto di conquista del Monferrato da parte del Duca di Savoia e degli Sforza di Milano. Venuto a conoscenza di una congiura ai suoi danni che avrebbe potuto portare Scipione di Monferrato ad attentare alla sua vita, decise di anticipare le sue mosse ed inviò gli spagnoli a risolvere il problema. Cosa che loro fecero egregiamente la Domenica delle Palme del 1485 in Casale Monferrato dove Scipione fece la sua ultima visita al Mercato lasciando la vita sul ciottolato della piazza.(Goffredo Casalis "Storie del Piemonte" pag.207)

pochi non nobili ad avere un certo credito a Palazzo. Tanto più per il suo silenzio e la sua discrezione, che sarebbero stati ben ricompensati

Quella notte, quindi, fu con una maggior consapevolezza di responsabilità che saltò dal letto e si infilò brache, camicia e mantello e gli stivali nuovi con la tomaia di un "sol foglio di cuoio tenuto un anno", come doveva esser fatto in seguito alle nuove disposizioni degli Statuti. ... ci teneva comunque ad una bella presenza al cospetto del Marchese.

Corse in salita sotto la pioggia, sui ciottoli resi scivolosi dall'acqua a catinelle, assalito da un freddo che indicava la prima neve scesa sulle montagne vicine. Sarebbe stato un inverno rigido. Man mano che saliva verso il Castello, altri si unirono a lui con visi preoccupati e sguardi interrogativi per vedere se qualcuno conoscesse il motivo di quella improvvisa chiamata.

Ogni persona dai diciotto ai settant'anni era obbligata, alle grida del banditore «Fuori! Fuori!» o al suono del corno o della campana, *"d'escire in soccorso della terra"*, così come in tempo di pace ogni uomo o donna doveva correre a portar acqua ove si manifestasse un incendio. Giunsero al portone, già aperto dalle guardie e salirono in silenzio la stradina che li avrebbe condotti nella dimora del loro Signore.

Nessuno parlava, pochi di loro entrarono coi cappelli in mano e quando, nel giro di pochi minuti furono tutti dentro, le porte vennero chiuse abbandonando alla pioggia ed all'incertezza le moltitudini accorse.

In fondo alla grande stanza, con due armigeri di lato ed i notabili, fra i quali l'ormai immancabile Giovanni Andrea, il Marchese Ludovico era seduto su una sedia da cerimonia.

Con sguardo cupo e le spalle curve, il gomito sinistro appoggiato alla coscia e la mano destra che batteva nervosamente i polpastrelli sul bracciolo della seduta, era intento a guardare il pavimento mentre ascoltava il rapporto di una staffetta. Vicino, i nobili si guardavano l'un l'altro, cercando di non perdere una parola. Nella stanza, illuminata dalle torce, da alcune lanterne e da un camino dove bruciava un mezzo tronco, il silenzio aveva la stessa consistenza della nebbia. Era palpabile e nessuno osava tagliarlo con una domanda. La risposta, comunque, non si fece attendere.

«I maneggi del Maresciallo di Miolans alla fine hanno vinto ([18]). Il Duca di Savoia muove contro di noi con un esercito. Ha già attaccato Carmagnola e mio fratello Giovanni Giacomo, mal consigliato, è stato fatto prigioniero. Il Governatore, maledetto sia lui e la sua generazione, ha ceduto alle lusinghe del Duca e si sono arresi senza neanche combattere, andando a fare atto di fedeltà in Carignano. Le avanguardie han già messo le prime tende al paschero di Propano»

Un brusio cominciò a salire verso i soffitti a cassettone della sala. Erano tutti ben consci di cosa significasse la notizia. Non sarebbe stata la prima volta che avrebbero dovuto abbandonare le loro occupazioni per difendere la Villa.

Ognuno di loro aveva il proprio compito e anche se erano i militari a dover sopportare il peso maggiore, in caso di necessità, ogni uomo e spesso

---

[18] Fin dai tempi della Costruzione della Collegiata Antelmo di Miolans aveva boicottato il Marchese vedendo nella costruzione del Duomo un avvicinamento al Papa che avrebbe potuto portare svantaggio ai Savoia.

anche le donne, si trasformava in soldato mentre ogni attrezzo da lavoro diventava un'arma. Sapevano bene cosa volesse dire essere conquistati. Saluzzo era stata spesso attraversata da eserciti in lungo e in largo.

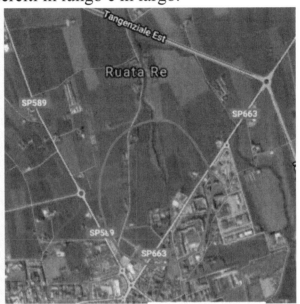

Paschero di Propano.

Quelli che restavano, e cioè loro, avevano sempre la peggio. Era già dura sbarcare il lunario in tempi normali, dovendo far fronte a carestie e traversie quotidiane... ma la guerra era un'altra cosa.
Un coro di domande si sollevò nella sala. Il Marchese alzò un braccio per zittire tutti.

«Io partirò alla volta della Francia col mio fedele e valoroso maestro dell'Ospizio ([19]) e il mio Consigliere ([20]). Mandate fuori spie. Dovranno far girare voce che andrò al Delfinato passando per la Val Varaita. Passerò invece per la nuova strada dalla grotta delle Traversette e chiederò aiuto a Re Carlo; sorprenderemo i selvaggi del Duca alle spalle. La mia sposa Giovanna, con forte presidio, sarà in Revello. Giò Andrea di Castellar andrà invece al Castello di Paesana. Tutti voi dovrete cercare di resistere fino a quando arriverò in soccorso con gli arcieri francesi»

Ci furono grida di entusiasmo, ma per lo più di giovani che ancora non avevano sentito l'acre odore della guerra.

---

[19] Carolo Coccastello de Montilio
[20] Gioffredo de Caroli D. Muletti Storia di SAluzzo Tomo V pag 176/180 Pag 286/290

Capitolo XII

Borgata di Becetto - 1491

Era una piovosa e fredda mattina di inizio maggio. La primavera che aveva fatto una fugace apparizione, aveva illuso tutti, anche i germogli delle piante, e poi il gelo ed il freddo erano ripiombati all'improvviso. Nella valle vicina si mormorava fossero venuti giù quasi due *branche* di grandine e non c'era da stupirsi, perché questo freddo da qualche parte aveva avuto di sicuro il suo inizio.

Maria faticava ad abbandonare il sonno in quella stanza dove dormivano tutti insieme e un camino, ormai spento da tempo, continuava a far uscire ancora un po' di fumo. Mentre gli ultimi sogni ancora affollavano la sua mente di bambina, sentiva la nonna armeggiare con la stufa di terracotta che in poco tempo avrebbe fornito il calore necessario.

Poi di colpo la sua mente fu pronta. Quello era il gran giorno: la nonna l'avrebbe accompagnata nei boschi per insegnarle le sue arti, come promesso. La settimana prima le aveva confidato di sentirsi stanca e di sapere che il suo cammino stava per finire. Aveva quindi deciso di passarle quel Dono che a suo tempo aveva ricevuto.

Per la verità Maria ne aveva capito poco. Sapeva che la nonna era molto benvoluta e tanta gente veniva a casa loro per avere pozioni per guarigioni o massaggi con cui curare gambe dolenti, schiene che facevano urlare e mani che si rifiutavano di lavorare.

La cosa aveva un suo risvolto positivo, perché difficilmente chi aveva bisogno arrivava a mani vuote e si può dire che in famiglia, grazie a questo, non se la passassero poi così male. Che poi chiamarla famiglia era un po' una forzatura, dato che dopo la morte della madre, visto che suo padre non aveva mai saputo chi fosse, restavano nella vecchia casa col tetto di canapa solo loro due e il fratello della mamma.

Notu era un omino mingherlino e gentile, dai modi un po'effeminati, che aiutava nelle faccende della casa e a governare le bestie. Completavano il quadretto un vecchio cane ormai senza denti che si rifiutava di morire, oltre ad una gatta che stava via anche alcuni giorni, avendo fatto del bosco la sua casa. La vedevano arrivare solo quando pioveva forte o fuori c'era la neve. In quel caso il camino aveva la sua attrazione.

La nonna in realtà non chiedeva nulla, anzi, quando sapeva che il regalo arrivava da gente molto povera, rifiutava con un sorriso.

Era molto amata e anche Maria le voleva un gran bene.

Non era sicura di aver capito cosa intendesse per *"fine del cammino"*, ma il velo di tristezza che aveva visto passare fugacemente nei suoi occhi le aveva procurato un senso di disagio ed una stretta al cuore.

L'alba faticava a far uscire la sua luce e si intravedevano appena le cime degli alberi del bosco spuntar fuori dal buio della notte. La nonna, tutta infagottata nei suoi *faudai* ([21]), la precedeva mentre lei le saltellava dietro.

Cantavano una vecchia filastrocca per allietare il loro cammino e chissà... forse anche per metter

---

[21] Grembiuli sovrapposti

paura ai lupi che ogni tanto si facevano troppo invadenti.

«Oh, lupo... cos 'hai da urlare tanto? Perché non la smetti almeno per un po'?»

«Ho perso uno dei miei figli»

«Chiediamo aiuto alla luna»

«Luna, luna, gonfiati ancora un poco e diventa luminosa palla»

«Ecco il tuo lupacchiotto dentro la forra al fondo del bosco»

Stavano cantando allegre, alternandosi nelle strofe, quando di colpo un vento freddo spazzò via le nuvole ed un sole caldissimo le avvolse nel suo abbraccio. La nonna cominciò a liberarsi di tutti gli scialli e li lasciò su un grosso *genevrin* ([22]) che faceva da riferimento per la strada del ritorno.

Quel giorno si aprì un mondo agli occhi di Maria e semplici foglie o arbusti, macchie di muschio umido e colori della terra cominciarono a parlarle svelando i loro segreti.

---

[22] Ginepro

Capitolo XIII

Poderi di San Bernardino, l'assedio – 1486

Passarono pochi mesi durante i quali la Villa rinforzò le difese e accumulò quante più scorte possibili. A febbraio, anche l'esercito invasore aveva saldamente assicurato le sue posizioni, potendo contare su tremila Alemanni e duecento uomini d'armi al comando del Conte Borello, di Carlo di Belgioioso valoroso condottiero degli Sforza, oltre ai gendarmi del Marchese Bonifacio III di Monferrato, al cui comando era una temibilissima artiglieria in grado di far più danni di tutto l'esercito del Duca. In tutto quasi venticinquemila uomini.

Non poteva mancare il vero artefice di questo, Antelmo di Miolans, che con Francesco conte de la Gruyere, Lodovico Talliando e Oberto di Monfalcone, completavano il Comando.

Le prime avvisaglie della tragedia che incombeva, arrivarono con la notizia della presa di Pancalieri, dove vennero impiccati tutti i soldati del Marchese e decapitato il governatore Manfredo di Beinasco.

Le guarnigioni di Racconigi, Sommariva, Cavour e Cardè, intimorite da questo terribile scempio, abbandonarono i loro presidi e lasciarono vuote le difese. Cominciarono così i primi saccheggi e l'avanzamento delle forze verso la Capitale del Marchesato.

Il 30 dicembre il campo d'assalto a San Bernardino era completato.

Ci furono i primi attacchi al Borgo basso, per lo più scaramucce per testare le resistenze, che di volta in volta venivano respinte. Le posizioni del Duca erano verso Ovest e martellavano le mura da San Lorenzo.

A difendere il Borgo erano Carlo, pronotario apostolico e fratello del Marchese, Margherita, figlia del Marchese, suo marito Giovanni di Armagnac, Conte di Cominges oltre al barone di Sassonage parente dei Saluzzo, che aveva con sè mille arcieri e quaranta gentiluomini del Delfinato, un capitano di ventura genovese, detto "Animanegra", con trecento bellicosi genovesi ed altri trecento fanti.

Aumentavano le fila una ventina di spagnoli al comando di Pero Chrespo, destinati alla difesa di Porta Santa Maria dove c'era il Rivellino. In più, Ludovico, che da tempo subodorava il pericolo, fin dal 1481 aveva preso alle sue dipendenze certo Giovanni Grunch, tedesco, esperto bombardiere, a cui aveva fissato uno stipendio di un ducato e mezzo al mese, oltre al mantenimento e la fornitura delle divise.

Antonio fu chiamato ad allargare le mura dove possibile, in modo da poter passare a cavallo e riempire i terrapieni al cui interno facevano barriera i muretti a secco, che erano perfetti per i tempi di pace, ma poco robusti per la guerra. Fu opera onerosa. Scavarono davanti dei fossati, ma era chiaro che se ci fosse stato un forte attacco di artiglieria avrebbero dovuto ripiegare.

Occorreva salvaguardare la vita degli uomini, visto che non c'erano più denari per assoldarne altri. La comunità cittadina aveva ormai impegnato tutto ciò che aveva e pagare i salari dei soldati era diventato impossibile.

Ogni catenella, monile, manufatto, comprese le argenterie, erano già stati convertiti in salario e non c'era modo di raccogliere altri fondi ([23]).

Anche l'offerta gridata, a soli cinque fiorini la giornata, non aveva trovato compratori. Il Castello era ben fornito ed aveva riserve in derrate, uomini e munizionamento per un tempo sufficiente e anche se finora il Duca di Savoia non era riuscito nell'intento di conquista, ora lo sforzo stava diventando insostenibile.

L'assedio durava da due mesi e Saluzzo non si arrendeva, nonostante i colpi di bombarda arrivassero ormai da tutte le direzioni.

---

[23] Giovanni Andrea Saluzzo- Charneto. Storia segreta del Marchesato di Saluzzo pag. 21

In soccorso alla Villa scesero i montanari, ma furono sorpresi nei pressi di San Lorenzo e trecento di essi orribilmente massacrati [24]
Carlo di Savoia, il perfido nemico, dirigeva il campo da San Bernardino.

---

[24] Carlo Fedele Savio Saluzzo e i suoi Vescovi - Assedio di Saluzzo pag.66

I suoi soldati riuscirono ad atterrare molte mura a Nord ed anche parte della porta di Santa Maria. Perfino la roggia scoperchiata che gli correva intorno serviva da trincea[25]

I canonici della Collegiata, rimasta fuori dalle mura alla mercé del nemico, officiavano le funzioni nella piccola chiesa di San Sebastiano.[26]

[25] Attualmente P. Risorgimento

[26] Ora attività commerciale

Cominciarono nei primi giorni di gennaio a mancare vettovaglie e mentre la popolazione sopportava con rassegnazione, i soldati di ventura chiesero di avere la priorità nella distribuzione del cibo, arrivando a minacciare di mettere fuori le mura anziani, donne e bambini, che, partecipando alla condivisione del cibo, toglievano, a loro dire, risorse ai combattenti, senza peraltro risultare utili nelle battaglie.

«E' legge di guerra» chiedevano i soldati.

«Fate preparare le genti - disse di rimando un Capitano - e sceglietene cinquanta da far uscire»

Il terrore cominciò a serpeggiare negli occhi di quelle povere anime che avevano sentito e iniziò un fuggi fuggi generale. Una giovane madre con la piccola per mano fece per voltarsi, ma un soldato nerboruto la prese per un braccio e la trattenne.

«Lasciami, maledetto!» urlò la donna cercando di divincolarsi con tutte le sue forze.

«Lasciala subito!» gridò di rimando un giovane della milizia facendosi avanti.

«Stai indietro, bifolco» disse con un forte accento spagnolo il soldato sguainando la spada.

I governatori ed i soldati della milizia si fecero avanti per contrastare l'iniquo ordine e la situazione stava precipitando, quando un giovane ufficiale si fece in mezzo.

«Fermatevi - urlò sovrastando la folla - non è necessario. Conosco un passaggio segreto che può portare fuori dalle mura. Voglio dieci uomini con me. Usciremo col favore del buio e torneremo con viveri e munizionamento»

Il capitano Vincenzo della Chiesa era un caro amico personale di Antonio e fu quindi del tutto naturale per lui essere il primo a schierarsi al suo fianco.

In men che non si dica erano più di venti i volontari. Compreso Marco, il giovane che altro non aveva fatto se non difendere la giovane moglie e la sua adorata creatura.

«Vi ringrazio, ma non possiamo andare in troppi. Verranno i miei due cugini, Antonio, Marco ed altri due di voi. Mettetevi abiti civili, procurate tre torce e dei badili, zappe e martelli. Partiamo alla mezzanotte. Nel frattempo mandate fuori spie, dobbiamo far arrivare voce al Duca che attendiamo rinforzi da Revello»

All'ora convenuta i sette si calarono nei sotterranei di una torre del Castello e dopo aver fatto cadere un'intercapedine di poco spessore che murava quella che sembrava essere una segreta sotterranea, si ritrovarono in una lunga galleria. Dovettero marciare chini, respirando aria pesante dal forte odore di muffa, ma presto sbucarono all'aperto in quella gelida notte del 9 gennaio 1487. Le stelle brillavano e sembravano sorridere loro.

Erano sbucati poco fuori dell'antico Ospedale a ridosso del muro di sud est[27] .

Aggirarono, nei primi metri allo scoperto, tende di soldati infreddoliti che badavano più a scaldarsi che a montar di guardia, poi cominciarono a camminare di buona lena verso il bosco e la Chiesa di Santa Cristina. Avrebbero dovuto fare un lungo giro, ma sarebbero giunti così in sicurezza al Castello di Verzuolo. Ci vollero quattro ore di cammino e quando finalmente arrivarono, si approcciarono alla piccola porta Pisterna.

---

[27] La leggenda narra di questo passaggio al momento non ancora ritrovato. Indizi lo collocano nella parte di sud-est della base del muraglione dell'attuale Castiglia , dove esisteva una torre oggi abbattuta

CASTELLO DI VERZUOLO

«Alt... chi va là?»
«*Noch Noch*» pronunciarono il vecchio motto caro al primo Lodovico.
La porticina si aprì e furono accolti con calore.
Si rifocillarono mentre venivano date disposizioni e preparato quanto necessario. Ci vollero due giorni per esser pronti e al primo calar del buio del dodici gennaio, la squadra di soccorso prese la via che attraverso le colline l'avrebbe riportata alla Villa assediata.
Tornarono carichi e con l'aggiunta di soldati freschi. Erano riusciti a buttar sui carri più di centocinquanta staia di grano, polvere in quantità e denaro per pagare i soldati di ventura. Al posto dei

lenti buoi, furono attaccati forti cavalli da guerra, poco avvezzi al giogo, ma sicuramente più veloci. A cassetta i loro cavalieri gestivano a fatica la focosità di quelle magnifiche bestie.

«Alt... fatevi riconoscere» la voce interruppe il silenzio della notte proprio quando ormai pensavano di esser salvi.

«*Societate foederati sumus*» (siamo alleati) rispose in latino Vincenzo, avendo riconosciuto la cadenza gutturale del nemico. Probabilmente uno svizzero al comando del Conte Borello. Lo stratagemma funzionò per quel breve lasso di tempo, necessario ad Antonio a far cenno ai conducenti dei carri di accelerare. I cavalieri ed i soldati fecero muro fra loro e la sentinella e Vincenzo cercò di guadagnare altro tempo.

«*Nox frigidissima est. Habete vos ignem ad nos calefaciendum?*» (E' una notte molto fredda, avete del fuoco che ci scaldi?)

«Alt, parola d'ordine» insistette caparbio il soldato che nel frattempo, per nulla rassicurato, si era avvicinato con una torcia.

Da una piccola tenda, semicoperta da frasche tagliate, vennero, vestendosi, altri quattro uomini a metà fra l'infreddolito e l'allarmato. Era evidente che non si aspettassero guai, perché uscirono con i foderi delle spade in mano, armeggiando per indossarli con l'intento di darsi un minimo di contegno.

Passarono dalla vita alla morte quasi senza accorgersene quando Antonio, Vincenzo e Marco si gettarono su di loro.

I carri partirono al galoppo e in men che non si dica furono alle porte della Villa che si aprirono accogliendoli in festa.

Le spie avevano svolto bene la loro opera, in quanto il grosso dell'esercito, al comando del Miolans, era ad attenderli dalla parte opposta, verso Revello, da dove si aspettavano dovessero arrivar rinforzi. Furono accolti da grida di gioia e dal suono della baudetta. Suonarono poi tutte le altre campane. Nelle campagne a ovest il Conte di Miolans e il Tailland capirono di essere stati gabbati.

Una bimba corse incontro al suo papà e gli avvolse le ginocchia in un abbraccio mentre una giovane moglie, appoggiata al pilastro dell'ala di piazza Castello piangeva di gioia e ringraziava Dio per averle preservato quel marito da cui dipendevano le loro vite. Marco le si fece incontro e la strinse a sé baciandola.

Spuntarono un organetto e una ghironda, qualcuno portò dei tamburelli e la gente cominciò a ballar la giga per le strade di quel freddo gennaio, che tanto freddo più non sembrava.

Galvanizzato da quel successo, il fratello del Marchese cominciò a prendere in considerazione un altro piano ardito. Gli assalitori, con l'intento di togliere l'acqua al Borgo, avevano deviato la fonte che da tempo immemorabile, attraverso un cunicolo, le assicurava le riserve necessarie.

Era questa galleria un vero e proprio camminamento in mattoni che, partendo dalla sorgente della Caciotta, arrivava fin dentro il Castello.

Avrebbe potuto essere una valida via attraverso la quale far passare un messaggero che potesse arrivare alla fortezza di Revello. Se tutto fosse andato per il verso giusto, avrebbero avuto altri preziosi aiuti. Ancora una volta furono Marco e Antonio ad offrirsi volontari.

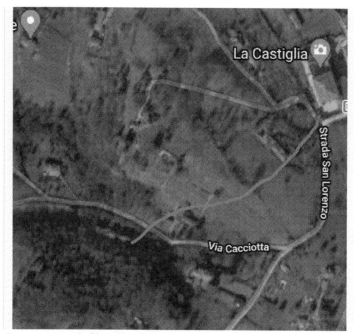
Sorgente della Caciotta

Già nel giro di due giorni tornarono con uomini e provviste. Una nuova via di rifornimenti era stata attivata.

Antonio ritornò alla sua famiglia per un meritato riposo, mentre Marco, che ormai aveva assunto il comando delle operazioni, organizzava meticolosamente orari e tratte, badando bene di evitare rumori e zone in vista, dalle quali il nemico avrebbe potuto scorgerli.

Andarono avanti così per altre cinque notti.

«Marito mio - disse la donna rivolgendosi a Marco – sono fiera di te e del tuo coraggio. Ma hai già fatto molto. Lascia che siano altri a finire quello che hai cominciato»

C 'era un 'invocazione disperata nella sua voce.

«Promettilo!»

«Tranquilla, donna. E' questa l 'ultima notte - le rispose lui accarezzandole i capelli - Abbiamo sufficienti risorse e possiamo continuare a combattere. Sarà questo l'ultimo viaggio e poi finalmente potrò riposarmi e mi dedicherò a voi due. Il fratello del Marchese mi ha posato una mano sulla spalla... hai visto? Questo vuol dire che la nostra vita potrà cambiare. Abbi fiducia, vedrai che i miei rischi saranno ben ricompensati»

«Che Dio ti ascolti» disse la donna stringendolo a sé.

«Lo farà, vedrai» rispose indossando la pesante giubba di pelo e il cappellaccio. Le sorrise ed uscì per l'ultimo viaggio.

Verso l 'alba si udirono clamori, archibugiate e rumori di battaglia provenire dal bosco verso San Lorenzo. Quando il sole, spuntò dalla piana dell'albese, ebbe la meglio sulla cresta della collina e illuminò un triste spettacolo. Appesi agli alberi, a poca distanza dalle mura, erano gli eroi di quei giorni. Gli occhi strabuzzati e spenti di Marco guardavano ancora le torri e le chiese della sua amata Villa [28]

Appoggiata in ginocchio ad una colonna del portico del mercato, una giovane donna stringeva disperata, piangendo, la sua piccola creatura. Stavolta nessuno le sarebbe venuto incontro abbracciandola...
Gli attacchi continuarono per tutto il mese. La feroce resistenza stupì il Duca, che fece pressione sulle sue truppe affinché raddoppiassero gli sforzi.
Intendeva giungere presto alla vittoria, anche perché temeva che, con lo sciogliersi delle nevi in primavera, sarebbero sopraggiunti i Francesi di rinforzo.
Saluzzo era ormai stremata.
Fu Giacomo, il Barone di Sassenage, nipote di Antonietta di Saluzzo, che per primo osò pronunciare la parola resa. Molti, incoraggiati dal fatto di vedere condivisi i loro pensieri, gli dettero appoggio.

---

[28] Di questo episodio abbiamo una descrizione manoscritta in lingua italiana di Bernardino Orsello (D. Muletti, Storia di Saluzzo Tomo V pagg.291/295. In realtà questo episodio risulterebbe essere un falso inventato dal Malacarne e ripreso da un ignaro Muletti

Antonio, che aveva un buon rapporto col Barone in seguito alle cacce nelle quali gli aveva fatto da battitore, lo avvicinò e si offrì di assisterlo. Se glielo avesse comandato lo avrebbe accompagnato a parlamentare e il Barone, conoscendo la sua forza, il suo coraggio e la sua astuzia, fu ben lieto di averlo con sé. Egli aveva imparato ad apprezzare la sua prestanza fisica e la determinazione nello scovare le *camoscie*, che in quegli anni ancora abitavano i boschi sopra Saluzzo. Il suo metodo di caccia, estremamente sofisticato, utilizzava l'erba di napello.[29] Una volta colpite dalla saetta, le povere bestie vagavano e se non trovavano *l'Antora* da brucare, un controveleno del Napello, dopo poco tempo cadevano a terra morte.

«Antonio - disse il Barone sorridendo - hai ancora un po' di quelle erbe?»
«Ce l'ho, Vostra Signoria, e non mi dispiacerebbe farle assaggiare al Duca» rispose.
Decisero quindi di andare, partendo di buon mattino, dopo aver inviato un messaggero. Non era molta la strada da percorrere, perché il Duca alloggiava nel Convento di San Bernardino a poca distanza, giusto una trottata di cavallo.

---

[29] Aconito, pianta velenosa

San Bernardino - Alloggio del Duca

Era il giorno di Carnevale e partirono Carlo il
Monsignore, ultimo figlio maschio del Marchese
Ludovico I, il Barone di Sassonage ed un piccolo
drappello di uomini, fra i quali spiccava la potente
figura di Antonio, che di certo non sfigurava
vicino a quei soldati. Era alto più di otto *branche* [30]
e pesava quasi 12 *rubbi* [31], ma era talmente ben
fatto che non ci si accorgeva della stazza fin
quando non gli si era vicini.

---

[30] 8 x 23,7 = 189 cm

[31] 8,1 x 12 = 97 kg

Trattava per il Duca Ludovico Tailland, cavaliere di Ivrea.

La delegazione propose di dare al Duca mille ducati ed un giuramento di fedeltà, purché venissero loro lasciate le decime.[32]

Antonio, più indietro, fissava la scena, ben sapendo di partecipare alla Storia.

Ludovico di Taillant, signore di Saint Ilare, aristocratico della città d'Ivrea, guardava il drappello con aria di scherno. Antonio cercava di immaginare l'età dell'uomo che avrebbe potuto segnare il suo destino. Considerando i peli brizzolati che spuntavano dalla corta barba, poteva avere una quarantina d'anni.

"Un tipo duro" pensò.

I radi capelli rossastri e gli occhi di un celeste gelido, in un viso scarno attraversato da una cicatrice che gli distorceva il naso, conferivano all'uomo un aspetto sinistro... Il naso aquilino brillava come se lo avesse lucidato con cera d'api.

A conferma dei suoi pensieri, nel vedergli comparire sul viso un sorriso malevolo, non si stupì di sentirlo pronunciare queste parole ...

«Sta bene. Ma occorre che sia fatto un atto di sottomissione»

---

[32] tributo riferito alla decima parte del raccolto

I Notabili si guardarono allarmati, consci di avere già fatto molto, anche in ordine al rango che rappresentavano ed all'importanza del Marchesato.

«Qual è il volere del Duca, Monsignore?»

«Le vostre genti dovranno sfilare davanti a lui vestite di bianco e con una corda al collo»

Non fu necessaria una consultazione. Si alzarono sdegnati e senza neppur rivolgere uno sguardo agli interlocutori, uscirono dalla tenda da campo che li aveva accolti. Capirono di essere stati raggirati, perché appena furono in sella udirono colpi di artiglieria provenire dalla città bassa. Partirono al galoppo passando in mezzo ai presidi nemici, che con tutta probabilità non erano stati avvertiti e che nella confusione li fecero passare.

Riuscirono a guadagnare le mura.

L'assalto fu terribile ed ancora una volta gli assalitori furono respinti. Migliaia i morti fra i savoiardi. La battaglia, sanguinosissima, il 27 febbraio, nell'ultimo giorno del Carnevale, vide anche le donne in prima fila a tirar sassi dai bastioni. Nella polvere e in mezzo ai bagliori degli incendi, furono in molti a giurare di aver visto materializzarsi l'ombra del Beato Bandello in segno benedicente.

Era molto amato, morto in odore di santità nel Convento di San Giovanni alla veneranda età di 81 anni, poco più di trent'anni prima.

Per ricordare questo giorno, si decise che a Carnevale le donne facessero una Processione. Alcune fecero voto di mai più ballare, perché fuori dalle mura era un esercito di più di quarantamila uomini e nessuno avrebbe creduto fosse possibile respingerli ancora una volta.

Arrivò la notte e Antonio, stanco e ferito, sebbene in modo non grave dal crollo di un muretto, tornò a casa per riposare nel suo letto. Si avvicinò zoppicando alla finestra ... alcune parti della città bassa bruciavano.

La sua donna, con lo sguardo perduto nel vuoto della rassegnazione, lo aiutò a togliersi le pesanti brache e lo massaggiò con un unguento di olio di Iperico.

«Tranquilla, mia amata, ce la faremo anche questa volta»

Gli sorrise.

Si alzò appoggiandosi a lei che lo accompagnò al povero tavolo apparecchiato. Giusto il tempo di mangiare un tozzo di pane secco e di bere un bicchiere di vino e crollò addormentato.

Fu alle prime luci dell'alba che un frastuono tremendo ed una forza sovrumana, come il soffio di un gigante, li buttarono giù dal letto. Sembrava che mezza casa fosse loro piombata addosso.

Un colpo di bombarda l'aveva colpita. Ora, nel buio, il fumo dei calcinacci aleggiava nell'aria ed uno lo aveva raggiunto di rimbalzo al cranio. Un rivolo di sangue gli colava dal viso e ne sentiva il gusto metallico sulle labbra.

L'urlo della moglie lo distorse dall'apatia, mentre il piccolo Francesco chiamava disperatamente la mamma. Se non altro un segnale che fossero tutti vivi.

Scostò una prima trave, mentre un altro colpo cadeva poco lontano nel terrapieno oltre il muretto.

Li vide sotto un grosso tavolo che aveva fatto loro da riparo e con tutta la forza che aveva in corpo lo sollevò facendoli uscire. Erano illesi. Si abbracciarono e scesero in cantina, dove le spesse mura avrebbero fornito più sicurezza.

Il giorno dopo, facendo la stima dei danni, mentre tutto intorno infuriava la battaglia, vide che il muro da lui utilizzato per contenere la pignatta era crollato e lei in bella mostra splendeva, rilanciando il raggio di sole di una di quelle limpide giornate di fine febbraio, quando il cielo di Saluzzo diventa blu e l'aria ti affetta le guance.

Intuì il pericolo che rappresentava. Se qualcuno l'avesse trovata poteva addebitarne il contenuto alla sua famiglia. Appena possibile avrebbe provveduto a trovarle un'altra sistemazione.

Saluzzo aveva combattuto strenuamente e con onore, lo riconobbe anche il Duca che rinunciò alle sue pretese e si accontentò della promessa di fedeltà. Le forze ormai erano finite ed il 3 aprile si arrese, mentre tutto intorno le scaramucce sarebbero durate ancora per parecchio tempo.

Poco a poco la vita riprese i suoi vecchi ritmi e anche se le ferite erano tante, piano piano Saluzzo ricominciò a vivere.

Antonio aveva nascosto la pignatta in cantina, in attesa di trovare un nascondiglio sicuro.

L'occasione gli fu suggerita da tristi eventi quali conseguenze della guerra. Lo spettro della fame aleggiava sulla Città. Le campagne massacrate dagli eserciti non producevano frutti e solo Staffarda, che dopo la resa era stata messa sotto la giurisdizione del Commendatario Francesco di Savoia, Arcivescovo d' Aux, aveva derrate sufficienti. Mancava però moneta per pagare il grano; servivano ben tremila e seicento fiorini di Savoia. Furono prestati al Comune da Giovanni di Beulco, milanese, dietro garanzia dei Sindaci, che si impegnarono, pena l'arresto personale, a restituire tale somma entro le feste del Natale successivo.

I termini dell'accordo sarebbero stati siglati in atto pubblico il 19 giugno del 1487 [33]

La notizia ebbe grande risalto, perché risolveva la situazione e per il fatto che i Sindaci con grande coraggio si erano esposti in prima persona.

---

[33] D.Muletti Storia di Saluzzo tomo V Pag. 306 /310

Questo fatto suggerì ad Antonio la soluzione al problema. Quale miglior nascondiglio della burocrazia?

Giocò a suo vantaggio il fatto di essere stato Consigliere, il che gli avrebbe garantito l'accesso ai locali degli archivi. Un posto sicuro, ideale per poter nascondere la pergamena e recuperarla quando le cose si fossero sistemate. O magari destinarla all'oblio, in attesa di tempi nuovi.

Il desiderio di Frate Oberto sarebbe stato esaudito.

L'occasione si presentò nel mese di giugno, quando vennero date disposizioni per ricostruire i danni causati dalla guerra, con particolare attenzione alle Porte della Villa danneggiate e ai ponti levatoi.

Ad Antonio fu chiesto di occuparsi della ricostruzione della Porta della Guerra quasi del tutto atterrata.

I lavori vennero portati a termine nel mese di agosto; il conto fu consegnato ai Sindaci di Saluzzo Giovanetto Zabo ed Antonio Vacca e regolarmente pagato insieme ai lavori eseguiti dai fabbri che avevano costruito due catene per il ponte levatoio. Cinque fiorini e due grossi in moneta corrente.

Le ricevute, arrotolate e legate con un nastro, furono consegnate direttamente nelle mani di Giacomo Menone, che, in quanto responsabile, aprì la pergamena, verificò la quietanza ed appose la sua firma in calce a conferma dell'ufficializzazione del documento.

«Bene - disse Antonio - anche questa è fatta. La ripongo nel baule»

«Certo - rispose Giacomo - prima o poi dovremo mettere ordine. A forza di buttarci dentro ricevute, ormai è quasi pieno. Ti aspetto. Vorrai offrirmi un giro alla taverna, visto che hai incassato, vero?»

«Sicuro!» rispose Antonio nel tirare fuori di soppiatto la pergamena per aggiungerla alla sua quietanza. La legò con uno spago di canapa molto più spesso di quello usato di norma, per poter avere un riferimento nel caso avesse dovuto recuperarla. Le pergamene erano legate con un nodo a scatto che le liberava con un semplice strappo. A quella Antonio fece un nodo doppio, che avrebbe creato un ulteriore difficoltà ad un semplice curioso. Confidava nella pigrizia umana.

Gettò un ultima occhiata al nuovo nascondiglio ed uscì.

Soddisfatto della scelta, tornò a casa e descrisse accuratamente alla moglie le caratteristiche del rotolo, il suo colore più scuro ed il particolare dello spago, rinnovando l'antico patto secondo il quale, in caso di morte di uno dei due, sarebbe stato Francesco il depositario del segreto.

Capitolo XIV

Colle di Gilba - 1506

Quindici anni erano alle sue spalle. Maria raccoglieva le genziane in una calda estate di montagna col Monviso davanti a lei. Non avrebbe avuto necessità di spingersi così tanto in là, ma quella montagna la stregava, specialmente ricordando le parole della nonna che da tanto tempo l'aveva lasciata sola sulla strada.
«*Arcordete... Lou Rei de Peiro te duerbarè lou cuer*» (Ricordati... il Monviso ti aprirà il cuore)
E così appoggiò la sua gerla e si sedette a contemplare la montagna, ad ascoltare i suoi silenzi, ad annusare i suoi profumi.
E lo vide... anzi, prima ancora di vederlo sentì il suono del flauto di Franses spingere il gregge e, rimbalzare di roccia in roccia, arrivando prima di lui alla curva. I suoi capelli lunghi, il suo viso abbronzato dal sole di montagna, la sua falcata calma e sicura. Era come se il Dio della Montagna avesse fatto il suo ingresso sul palcoscenico del Colle di Gilba.

Da questa curva spuntò Franses.

Lui le sorrise e facendo cenno alla borraccia le chiese se volesse bere. Lei la prese senza parlare e se la portò alle labbra mentre lo guardava negli occhi. Quegli occhi la stregarono, si vide in lui... e in quelle pupille lesse il destino comune.
Ritornarono nell'aria le parole della nonna, che di colpo ebbero il senso che prima era sfuggito.
Dopo quel giorno il colle diventò un appuntamento fisso e nel giro di pochi anni costruirono la loro casa al Bioletto e ci si trasferirono.

Maria riceveva visite continue di gente che ricorreva alle sue cure. Spesso si ritrovava al capezzale dei malati insieme al prete e mentre lui pregava, lei spalmava unguenti.
La considerazione era cresciuta molto. La gente del posto, in un primo tempo diffidente, li aveva

finalmente accettati e loro partecipavano a tutte le feste della comunità.

Dopo i primi tempi Franses, nelle veglie d'inverno che riunivano intere famiglie al calore del fiato delle bestie, aveva cominciato a raccontare vicende che avevano riscosso l 'attenzione di tutti. Sempre più gente veniva ad ascoltarlo e lui, accalorandosi, raccontava del pensiero di *Barba* Martin Pastre, un predicatore pinerolese che aveva conosciuto nei pascoli di Ostana.

Erano parole che riscuotevano attenzione e condivisione in quella società rurale in cui le donne avevano pari dignità degli uomini. Sentir dubitare fortemente delle imposizioni di una Chiesa Cattolica, che non faceva nulla per nascondere una certa visione materialistica, gratificava quei caratteri abituati alla sofferenza e alla rinuncia. Pur vero che suscitasse stupore, e perfino un po' di paura, sentir negare l'efficacia dell'acqua benedetta – come se non avesse più poteri di quella piovana – o i suffragi per i defunti, che si sospettavano avere più utilità per le tasche dei sacerdoti che non per le anime. Del resto i predicatori, ormai sconfinavano spesso e, con la scusa dei pascoli, portavano le idee di Valdo[34] in giro per le montagne. Ormai erano in molti a condividerle.

---

[34] Predicatore francese fondatore dei "Poveri di Lione

Franses mise tutti in guardia raccontando la sua terribile vicenda. Egli era già stato accusato di essere un eretico. Lo avevano torturato e costretto ad abiurare.

Furono così chiare alla povera Maria quelle cicatrici che accarezzava con un brivido sul corpo. Stare con lui la faceva sentire bene, anche se sapeva che questa gioia avrebbe conosciuto la sofferenza. Vivevano con poco, ma erano felici e bastava una luna piena per danzare senza musica abbracciati sui prati che guardavano il Monviso.

Si guardavano negli occhi e tutto il brutto del Mondo restava fuori...

Capitolo XV

Saluzzo, un mezzo mattone – 2017

Dove diavolo poteva essersi cacciato quel mattone? Il tempo passava inesorabile. Accese la luce frontale e fece un rapido giro a 180 gradi. Sembrava sparito.

"Maledizione, non puoi esserti volatilizzato" pensò a mezza voce.

Eppure sembrava proprio essere sparito. Scoraggiato, stava per scendere, quando notò qualcosa che ostruiva il discendente di raccolta dell'acqua piovana. Era lì, ben inserito nell'unica cavità che avrebbe potuto accoglierlo e messo in un modo che neppure con un lancio superfortunato si sarebbe potuto pensare di riuscire a farlo entrare in quel buco.

Pietro si sorprese a pensare al calcolo delle probabilità. Si inginocchiò con molta calma, inserì lo scalpello nella piccola apertura, fece leva piano e riuscì a disincastrarlo.

Uff, era fatta!

Lo mise nella tasca del giaccone e scese le scale da cantiere cercando di non far rumore.

Quando arrivò alla porticina che dava sulla Chiesa, la socchiuse per assicurarsi che non fosse rimasto nessuno. I Carabinieri erano andati via ed avrebbe potuto farcela. Gli venne in mente che sarebbe di nuovo scattato l'allarme e che stavolta non sarebbe stato credibile un falso segnale, ma allora sarebbe già stato al sicuro. Dette una rapida occhiata.

«Mah, Padre Gaudenzio, a questo punto penso proprio che si sia trattato di un contatto» esclamò una voce proprio sotto di lui.

Un militare stava parlando col vecchio frate sotto la scaletta, a meno di due metri.

Se Pietro avesse aperto la porta l'avrebbero visto.

Lo riconobbe per essere il Maresciallo della stazione.

«E' molto strano - disse il frate - l'impianto è vecchio, ma non ha mai dato falsi allarmi»

«C'è sempre una prima volta, noi ormai ci siamo abituati - disse il Carabiniere - comunque facciamo ancora un giro, mentre attendiamo il ritorno della pattuglia. Poi domani lei dia un'occhiata alle telecamere per vedere se salta fuori qualcosa»

Telecamere? Pietro capì che come delinquente era davvero un fallito. Nonostante ci avesse pensato, si era poi scordato di verificare. Le telecamere erano state acquistate da un gruppo di cittadini molto affezionati al vecchio frate che ormai era un'istituzione per la Città. Decise di sedersi su una panca al buio per attendere che il Maresciallo se ne andasse. In mezzo a tante cose andate storte, almeno un piccolo colpo di fortuna, perché di sicuro, da quando i due si fossero accomiatati a quando il prelato avesse reinserito l'antifurto, lui avrebbe avuto tempo sufficiente per sgattaiolare fuori. Si sedette al buio accompagnando con l'udito il percorso dei due.

Fu in quel momento che intuì una presenza. Si voltò di scatto, ormai convinto di trovarsi di fronte ad un Carabiniere che aveva ispezionato il luogo.

Nulla! I peli delle braccia e dietro la nuca gli si rizzarono dallo spavento. Si spostò su una sedia e la trovò stranamente calda. Come se qualcuno si fosse appena alzato.

Si avvicinò e la tastò con la mano. Era calda. Di certo non del suo calore, perché ci si era appena appoggiato. Ed era certo di non essersi seduto prima, perché la panca era appena lì davanti. La ritoccò con le mani ... era già fredda. Motivo in più. Cominciò a sentirsi a disagio...

Fu a quel punto che sentì una mano pesante sulla spalla... si girò col cuore in gola. Ancora una volta nessuno! Voleva andarsene da quel posto. Non aveva mai creduto al paranormale, ma in quella dannata stanza c'era qualcosa e qualsiasi cosa fosse non gli piaceva. Tese l'orecchio e capì che finalmente i due stavano salutandosi. Attese ancora qualche minuto e, tirandosi su il cappuccio per evitare di essere riconosciuto dalle telecamere, guadagnò velocemente l'uscita.

Un cicalino riprese il suo ronzio. Veloce 'sto frate …

All'esterno, nel chiostro, l'aria gelida gli sembrò rigeneratrice e si mosse a grandi passi verso l'ingresso posteriore del ristorante.

Una coppia al fondo del porticato, lei seduta a fumare e lui appoggiato ad una colonna, lo notò. Per darsi un contegno e a quel punto un alibi, frugò nelle tasche.

Per fortuna aveva pensato alle sigarette. Riaprì impacciato il pacchetto e si rese conto che, non essendo fumatore, aveva dimenticato che sarebbe servito qualcosa per accendere.

Il tizio appoggiato se ne accorse.

«Vuole accendere?»

Lui, spiazzato, ebbe la prontezza di spirito di rispondere...

«No, grazie, va bene così, sto cercando di smettere»

L'uomo abbozzò un sorriso perplesso e gli fece un cenno di saluto. Pietro controllò l'orologio. Ormai erano passati quasi 45 minuti, troppi per sua suocera, senza che cominciasse ad insospettirsi ed a subissarlo di domande. Posò il giaccone, che, appesantito dai mattoni, assomigliava più ad uno straccio che ad un capo spalla.

«Oh, eccoti qui finalmente - disse la suocera - eravamo preoccupati. Cosa è successo?»

«E' successo che quella maledetta gatta ha deciso di giocare a rimpiattino e continuava a cacciarsi da tutte le parti per non farsi prendere. Da solo è stata un'impresa, ho preso il bastone della scopa per farla uscire da sotto il letto, ma lei si spostava con calma serafica dove non potevo raggiungerla per spingerla fuori. Sembrava si divertisse, giurerei di averla sentita ridere»

La suocera accennò un sorriso, sapendo bene come quella gatta, quando voleva far di testa sua, non c'era modo di convincerla.

«Beh, potevi lasciarla e non mettere l'antifurto, per una sera...»

«Sì, ci ho pensato, ma a questo punto era una battaglia fra lei e me. E per la verità non mi sono accorto del passare del tempo. Scusate l'intoppo. Avete ordinato?»

«A dire il vero, abbiamo già cenato - rispose la moglie facendogli l'occhiolino - tu comunque ordina che noi ti aspettiamo. Prenderemo dolce e caffè insieme»

Pietro aveva nello stomaco un polipo vivo che continuava a contorcersi per la tensione accumulata e non apprezzò il consiglio di suo suocero che gli disse...

«Guarda, so che sembra strano mangiarlo qui, ma c'è un'insalata di polipo e patate niente male»

«Grazie, allora prendo quella - disse Pietro di rimando» nel pensare che se ce ne stava uno, potevano starcene anche due.

Capitolo XVI

L'abisso al Biulett – 1510

Non passò molto tempo prima che il Potere mostrasse reazioni, preoccupato del fatto che l'eresia si stesse radicando.

Nel 1509 furono emesse grida a suon di tromba in tutte le vallate. Veniva richiesto di presentarsi ai presidi e dichiarare la propria fede, dando per iscritto il proprio nome ai governatori ufficiali di giustizia. Naturalmente nessuno si presentò e fu subito chiaro che non sarebbe stato facile individuare la supposta eresia. Infatti nelle borgate sospette, tutti partecipavano al culto cattolico ed era praticamente impossibile notare evidenti diversità nella vita esteriore.

Il Potere ben presto si rese conto che non sarebbe stato agevole stanare i colpevoli affidandosi alla sola osservazione. Decise quindi di procedere all'arresto dei sospetti estorcendo loro confessioni attraverso minacce e torture.

Fu l'anno dopo che si spalancò l'abisso. Duecento fanti saccheggiarono i villaggi. Furono in molti a rifugiarsi nelle montagne che da Pian dei Lupi salgono verso Ostanetta o su quelle più alte ai confini con Oncino.

Al Biulett una donna della borgata si era invaghita di Franses. Pur di eliminare la rivale, non si fece scrupolo di accusare Maria di averle *immascato*[35] una vacca. La donna, abbiente, aveva trovato perfino dei testimoni e di colpo tutto l'orrore piombò su quelle povere anime. La cattiveria si aggiunse a cattiveria e furono inventate storie che giuravano di averli visti ballare nudi nelle notti di luna piena.

Maria era ridiventata straniera in quella terra che aveva faticato ad accoglierla ed ora, dopo averla amata, la ripudiava.

Di colpo guarigioni improvvise, ma soprattutto malattie sconosciute o morti improvvise le furono accreditate e il passato di Franses fu ricordato, facendoli diventare la coppia che onorava il Diavolo.

Fu così che un giorno un manipolo di uomini circondò la casa urlando. Li caricarono come delle bestie su un carro trasferendoli a Sanfront, dove testimoni giurarono che fossero eretici. Furono giorni terribili. Maria sentiva urlare lui e lui sentiva lei. E insieme sentivano le urla degli altri. L'odore della paura invadeva quelle pareti di pietra fredde e umide dove la puzza impediva di mangiare e le grida strazianti di dormire.

---

[35] Fatto sortilegio

Il giorno seguente entrarono in cella, di buonora, un frate domenicano, dall'aria severa e due uomini nerboruti che li trascinarono come stracci lungo un corridoio con altre celle, da cui giungevano i flebili lamenti di altri sventurati. Li tradussero in una stanza illuminata dalla sola luce di un camino acceso e di due torce. Al centro un tavolo pieno di arnesi e delle corde appese al soffitto.

Straziarono i loro corpi per un tempo infinito, fino a quando, nonostante il loro amore, arrivarono ad accusarsi a vicenda.

Capitolo XVII

Convento di San Giovanni, il complotto - 1319

Quasi un altro anno era passato. Oberto, dimagrito e con la pelle diafana, soffriva di convulsioni e di forti dolori di stomaco.

Gli appuntamenti ormai quasi quotidiani col suo aguzzino erano arrivati a svuotargli fisico e anima.

La situazione era peggiorata ed il terrore serpeggiava nel convento.

La lucida follia del Priore alternava momenti di serenità ad altri di furore.

Per certi versi, proprio quelli di serenità sembravano i peggiori, ben sapendo cosa albergasse nella mente dell'uomo. A volte Oberto scorgeva nei suoi occhi pena infinita ed in quelle occasioni il Priore dimostrava tutta la sua debolezza e la consapevolezza di star camminando verso l'abisso.

Due anime albergavano in lui e la peggiore ultimamente aveva il sopravvento.

Viste le precarie condizioni di salute, a Oberto era stata concessa l'incombenza della dispensa ed ora, da questa situazione negativa, era nata una possibilità di recupero.

Frequentare la cucina gli permetteva di avere una quantità di cibo maggiore e soprattutto di poter approfittare di razioni abbondanti di carne in quelle rare occasioni nelle quali faceva la sua apparizione.

Il digiuno serviva ad evitare di assumere alimenti che avrebbero prodotto esuberanza di forze e quindi una maggiore disposizione verso la concupiscenza carnale. Per questa ragione specialmente la carne era tollerata solo in pochissime occasioni oppure destinata agli infermi e ai deboli.

La grossa novità di questa situazione era però rappresentata dalla possibilità di avere maggiori contatti con altri monaci. Oberto poté così fare amicizia con frate Isidoro, che già aveva avuto modo di notare per quel suo occhio ceruleo e diafano e per i due incisivi spezzati che rovinavano il suo bel viso.

Era un fratello molto colto e paziente, che gli perdonava i continui errori commessi in cucina; un ambiente che davvero non era il suo.

Fu in questo periodo che imparò l'arte dell'erboristeria curativa, un campo che lo aveva subito appassionato. La preparazione degli impiastri, dei cataplasmi, il mescolare minerali come lo zolfo ad elementi naturali di origine animale tipo il fiele, la cera, il miele o l'iperico per la preparazione di balsami e pomate, gli avevano aperto un mondo. Era riuscito anche nell'intento di creare nuove pozioni con risultati molto soddisfacenti.

Anche frate Isidoro era contento di quel suo allievo e poco per volta il loro rapporto si era rafforzato, dando vita a vere e proprie conversazioni che spesso sfociavano in una risata.

Cosa del tutto inconcepibile tra quelle mura.

Il riso non era mai stato tollerato nel contesto della meditazione e della preghiera, secondo la 'Regola dei quattro Padri" composta a Lérins secoli prima [36], eppure loro due lo avevano scoperto con grande piacere ed erano così consci del toccasana che poteva rappresentare, dall'essersi addirittura accordati per non denunciare la situazione in Capitolo.

Questa loro piccola complicità aveva aperto la strada ad altre confidenze di ordine personale che rinsaldarono ancora di più il loro rapporto.

«Perdonami fratello - disse Oberto - non te l'ho mai chiesto, ma quel tuo occhio... ti duole?»

---

[36] Se qualcuno viene scoperto a ridere o a proferire scherzi, ordiniamo che, per due settimane, tale uomo, in nome del Signore, sia represso in ogni modo con la frusta dell'umiltà -Jacques Le Goff. I riti, il tempo, il riso Saggi di storia medioevale Cap IV

«No, ormai non più - rispose Isidoro - ma è morto e non serve a nulla»

Oberto aveva già intuito la situazione, perché spesso, quando la visione avrebbe dovuto essere deputata al raggio di quell'occhio, Isidoro mostrava chiaramente di non averne l'uso.

«Cosa ti è accaduto?» domandò il frate.

Ebbe la sensazione di essere andato troppo oltre. Un'ombra di rabbia e di dolore passò sul viso del confratello che non rispose.

Si concentrarono tutti e due sui rispettivi mortai dove le foglie delle essenze si trasformavano in benefici.

Fu dopo parecchio tempo che, quasi parlando a se stesso, frate Isidoro rispose con un sussurro…

«Il Diavolo! Il Diavolo si è impossessato di questa casa del Signore»

Allarmato, Oberto smise di usare il pestello e lo guardò «Cosa intendi?» disse, ben sapendo a che cosa si riferisse, ma con l'intento di vedersi confermato quanto lui già sapeva.

«Una bastonata mi ha tolto la vista. Un'altra i denti, ma darei anche l'altro occhio e tutti i denti rimasti per fermare una volta per sempre il Male che alberga fra queste mura» disse con voce dura Isidoro.

Oberto lasciò il pestello sul tavolo ed abbracciò il confratello.

Insieme piansero, dando sfogo ad anni di soprusi, angherie e violenze. Come un fiume in piena si raccontarono a vicenda episodi simili, che intuirono potessero ormai essere comuni a tutti i loro confratelli.

La mente ormai fuori controllo del Priore usava l'autorità del ruolo per sfogare i più turpi istinti e tutte le frustrazioni accumulate in una vita che evidentemente non si era scelto.

Dopo aver esternato tutto quanto tenevano dentro da troppo tempo, si sentirono liberi.

Ancora una volta, questa complicità dette loro forza e capirono che non erano più soli. Intuirono anche che sarebbe toccato a loro intervenire per porre fine ad una situazione che da troppo tempo si trascinava ed aveva permesso al Male di fare breccia all'interno della Casa del Signore.

«Vieni, fratello - disse Isidoro guardando negli occhi Oberto - inginocchiamoci e preghiamo. Chiediamo a Dio di guidarci nel cammino indicandoci la strada. Se il Signore accoglierà le nostre intenzioni, ci manderà un segno»

Si inginocchiarono vicini e pregarono.

Un leggero cigolio e una folata di aria fredda li distolse.

Il segnale di Dio fece la sua comparsa…

Nella angusta porta, la figura del Priore, resa ancora più spettrale dalla luce di una candela, li stava osservando con occhi vacui.

I due frati si curvarono ancora di più, quasi a farsi piccoli.

«Sono certo che nostro Signore apprezzerà molto le vostre preghiere - disse con voce fredda e cantilenante - Ciononostante avete contravvenuto al voto di obbedienza abbandonando il lavoro che avreste dovuto svolgere per le esigenze dei vostri fratelli»

In silenzio e a capo chino, nella mente dei due si accavallarono mille pensieri. Ormai la cultura del sospetto ed il controllo del Priore, che vedeva complotti e peccati in ogni dove e non si faceva scrupolo di inventarli ove non ci fossero, era diventata una costante quotidiana.

La sua schizofrenia lo portava ad immaginare congiure in ogni atteggiamento che poco poco si discostasse dalla normalità e di certo vedere due frati affiancati ed inginocchiati in preghiera in cucina era quantomeno strano.

L'atteggiamento contrito dei due altro non faceva poi che avvalorare la sua tesi.

«Frate Isidoro, sarai atteso dopo la Compieta nella Sala del Tribunale, dove espierai le tue colpe. Frate Oberto, tu passerai la notte in preghiera» consapevole che una punizione su quel fisico debilitato avrebbe potuto determinare una bocca in più da sfamare senza averne per contro un lavoro.

Si voltò ed uscì con gli stessi silenziosi passi che ne avevano caratterizzato l'ingresso.

I due frati si interrogarono a vicenda con gli sguardi.

«Credi che abbia capito?» disse frate Oberto.

«Vieni» rispose Isidoro alzando un coperchio di una madia. All'interno, da sotto un mazzo di erbe secche, estrasse un contenitore in legno intarsiato da abili mani. Prese alcune bacche e delle piante secche con dei fiori blu.

«Temo che non potrò accompagnarti nel percorso che Dio ha scelto per noi. Questo è il fiore del Diavolo – disse allungandogli due fiori di Aconito - Ne basta poco, stai attento a non maneggiarlo troppo con le mani. Sbriciolalo e mettilo nella minestra della sera con queste tre bacche pestate. Questa è Belladonna. Non ci vorrà molto per vedere finalmente liberato questo convento dal Male. Che Dio ti aiuti»

Mentre parlava, invece che disagio, esprimeva serenità, come se di colpo essendosi aperta di fronte a lui la strada della verità, avesse già fatto il grande passo che lo avrebbe portato in un'altra dimensione.

Un'ombra di dolore pervase l'animo di Oberto che capì come, con quelle parole, il suo trovato amico stesse accomiatandosi da lui.

«Perché parli così? Percorreremo insieme questa strada» provò a dire timidamente…

«Taci, fratello! Dio ha scelto e ci ha indicato chiaramente il percorso. Nulla è per caso ed ora

più che mai sono certo che questa sia la decisone giusta. Procedi senza timore e salva queste mura, liberale dal Male»
Senza più parlare si dedicarono alla preparazione delle pietanze della sera.

Capitolo XVIII

Sanfront, in attesa della morte – 1510

La notizia arrivò loro dalle celle vicine. Li avrebbero portati a Prato Guglielmo per bruciarli. Furono trascinati in catene per le strade ed al loro passaggio molti si scansavano.

Riconoscevano volti una volta amici, persone guarite che avevano pianto di gioia e che ora volgevano lo sguardo altrove per timore di incrociare i loro occhi.

«Ma davvero son tutto questo? Sono davvero tanto potente, tanto brava a soggiogare la natura, far morire gli uomini e le bestie?» gridò loro Maria…

«Guardatemi! Sono Maria Antoni Lanfré, quella che chiamavate con gli occhi pieni di lacrime per venire a salvarvi il figlio dalla febbre. Sono solo una donna, che conosce la natura grazie agli insegnamenti di sua nonna, che usa le erbe per fare unguenti e infusi, per lenire il dolore, per curare i malanni. Mia nonna mi diceva che ho un Dono, che il mio cuore è puro e posso aiutare gli altri. Non conosco il male, non capisco le accuse che mi fate. Posso capire la vostra paura, ma non il disprezzo con cui mi guardate»

La folla girò gli occhi a terra. In molti piangevano, mentre sul carro che si allontanava le grida si perdevano nella nebbia della sera.

Capitolo XIX

Prato Guglielmo di Paesana, i Valdesi - 1510

Antonio cominciava a sentire il peso dei suoi 59 anni conscio del fatto che indietro ci fosse molto più acqua nel fiume di quanta ne sarebbe occorsa per arrivare al mare.

La sua era stata una vita piena, aveva creato una bella famiglia e saputo onorare il lavoro dei suoi avi. Ora si aggiungeva la soddisfazione di essere riuscito a preservare il segreto e benediceva il momento in cui sua moglie lo aveva dissuaso dal bruciare la pergamena.

La saggezza dell'età gli permetteva di comprendere quali fossero davvero le cose importanti della vita. A volte all'uomo spettano decisioni difficili che possono andare in contrasto con tutto quanto fatto. Ma è proprio in quei momenti che si capisce come la vita debba avere uno scopo e che in caso contrario non valga la pena di essere vissuta.

«Marito mio - disse la moglie distraendolo dai suoi pensieri - è venuto oggi il Messo. Sei convocato domani a Palazzo»

Una convocazione era sempre una situazione che gli procurava ansia, memore dell'ultima che lo aveva visto protagonista, suo malgrado, di una congiura. Ormai sempre più spesso i lavori importanti gli venivano affidati in riconoscimento delle sue capacità e della fedeltà al Marchese, ma l'essere convocato con un Messo non era mai di buon auspicio.

Di buon mattino entrò nel Castello e guadagnò subito la sala nella quale venivano di solito concesse le udienze. Mentre attendeva, vide attraverso lo spiraglio della porta rimasta aperta, che nella stanza attigua, seduti ad un tavolo, c'erano Giovanni di Castellar, suo cugino Gustino e il Vicario Marchionale Messer Francesco Cavassa. Una figura femminile passò veloce attraverso la porta socchiusa, ma non abbastanza da non riconoscere in lei la Marchesa.

Lo stomaco, che da tempo non aveva più procurato fastidi, gli ricordò che poteva fornirgliene ancora. La presenza di Francesco Cavassa, poi, lo metteva particolarmente a disagio. Antonio aveva nei suoi confronti un'avversione personale anche se non aveva mai capito se ci fosse davvero un motivo preciso. Aveva sempre cercato di starne alla larga, perché il potere di quell'uomo era immenso e poteva in pochi attimi distruggere una vita. Dopo la morte del Marchese, la sua influenza sulla moglie, Margherita di Foix, si era fatta sempre più evidente.

Finalmente la porta si aprì e Giovanni Andrea di Castellar gli chiese di seguirlo con un cenno veloce. Entrarono in una piccola stanza rischiarata dal fuoco di un camino.

«Vi porgo i miei omaggi, Monsignore - disse inchinandosi alla sua vecchia conoscenza»

«Ti saluto, Antonio. Ho ancora una volta necessità dei tuoi servigi» tagliò subito corto il Signore di Castellar che, ad onta della sua qualifica di diplomatico, tanto diplomatico non era.

«Cosa sai degli eretici?»

A quella domanda lo stomaco di Antonio, che aveva dato solo avvisaglie, cominciò a procurargli fitte che lui riuscì a malapena a mascherare. Era impossibile che qualcuno sapesse della pergamena, ma certezze con questa gente non ce n'erano mai.

«Quello che sanno tutti, Cavaliere - rispose per ingraziarselo, sapendo che il titolo gli era stato conferito direttamente dal Re di Francia appena l'anno prima - e cioè che dalle terre a nord arrivano nelle nostre per predicare e rubare pascoli»

«Ecco, vedi Antonio perché tu mi piaci? Sai arrivare al punto senza farti imbrogliare dal fumo»

Antonio era disorientato, anche se il suo stomaco aveva recepito una tregua.

«So bene che quanto sto per chiederti non ha alcuna attinenza con il tuo lavoro, ma mi hai dimostrato nel tempo di essere persona affidabile e quindi ti parlo apertamente, affinché tu capisca bene cosa intendo. Madama la Marchesa ha stretto un patto con il Vescovo e con l'Inquisitore, per avere l'onore di reprimere l'eresia nelle nostre terre e dimostrare così al Papa la sua fedeltà. L'inquisitore, Fra Angielo Rigiardino, si porterà quindi nelle mie terre e dovremo bruciare qualche contadino»

Anche il cinismo non gli faceva difetto.

«Bene, mio Signore, ma io sono un povero muratore, come posso esservi utile?» rispose Antonio cercando di scansare un impegno che non condivideva e che non c'era motivo gli fosse richiesto.

«Mi sarai utile, perché voglio che sia tu a guidare i soldati. Andremo nelle mie terre e non voglio che questa storia mi crei troppi guai con le mie genti. Sappiamo tutti come queste cose vadano a finire. Oltretutto ho chiesto che noi si partecipi per un solo terzo delle spese, ma non sono sicuro che alla fine non me ne vengano addebitate altre, come quelle dei *boreli*[37] o delle fascine o peggio dei soldati e dell'Inquisitore. Quindi voglio essere

---

[37] Collari che venivano messi ai condannati per legarli sul rogo. (Giò di Castellar Charneto pag.227 Storia Segreta del Marchesato di Saluzzo)

sicuro che la cosa si risolva in fretta e con poca spesa»

La taccagneria del Signore di Castellar era ben nota, ma Antonio capì che questa volta poteva in qualche modo evitare a della povera gente altre sofferenze, limitando di molto i danni e orientando l'operazione in modo che non prendesse la svolta di una vera e propria crociata. Di certo il furbo Giovanni Andrea aveva valutato anche questo aspetto. I contadini gli servivano per le decime e per lavorare la terra; ammazzandoli si sarebbe inflitto un danno.

In ogni caso quella richiesta non prevedeva certo un rifiuto.

«Sono al vostro servizio» rispose Antonio.

«A domani, allora. Presentati al corpo di guardia e fatti dare un cavallo, armi e cotta»

«Lo farò» disse accomiatandosi con un inchino.

Partirono di buon mattino e già a mezzogiorno erano in quel di Sanfront, dove era stato catturato un certo Pero Faro di Prato Guglielmo, comunità nella quale si diceva esistesse una cellula valdese. Lo portarono al Castello di Paesana dove, appena introdotto nelle segrete, il poveraccio confessò subito terrorizzato che a Prato Guglielmo, al Bioletto, al Bietonetto ed al serro di Momian erano tutti valdesi, uomini e donne compresi. La confessione così facilmente estorta fece storcere il naso all'Inquisitore, che era abituato a ben altre resistenze, cionondimeno prese atto e ordinò di procedere alla volta delle borgate.

Quando arrivarono i soldati, naturalmente tutti gli abitanti avvisati di voce in voce erano fuggiti. Decisero quindi di scendere tagliando per una mulattiera che portava in valle nel territorio di Sanfront e lì riuscirono a catturare una decina di persone, evitando così una punizione per essere tornati a mani vuote.

Era la vigilia di Pasqua e quei poveri disperati pregavano in un angolo del casolare dove erano stati rinchiusi, pronti a confessare qualsiasi cosa pur di aver salva la vita. In realtà l'abiura era pratica consolidata e solo i veri eretici avrebbero portato avanti le loro posizioni fino all'estremo sacrificio.

Purtroppo per loro, Iachobino, Franses e Maria Antoni Lanfré, con Maria e Luchino Vigliermo, non rivestivano alcun interesse in relazione al loro credo religioso, ma solo si erano trovati nel posto sbagliato al momento sbagliato, dato che erano in molti quelli che erano riusciti a fuggire sui monti.

Furono preparate le fascine in Pian Croesio, nel prato di Iachobino, a cui fu anche chiesto di procurare i pali a cui sarebbero stati legati e bruciati.

I loro pianti e le urla disperate si perdevano nel silenzio ovattato della valle attraverso la finestrella della stalla dove erano stati rinchiusi.

Antonio viveva malissimo la situazione e si ritrovò a pregare per loro mentre dall'alto del suo cavallo guardava i soldati ridere e sghignazzare.

Perfino il cielo sembrava soffrire e in poco tempo le nuvole lasciarono cadere una fortissima nevicata che imbiancò la strada e ricoprì tutte le fascine.

Antonio consigliò l'Inquisitore di rimandare al lunedì per poter officiare la Pasqua.

E così fu deciso. I soldati ed il domenicano presero la strada di ritorno avvolti dalla nevicata, trasformatasi nel giro di poco tempo in una tormenta così forte, che solo chi ha provato le tormente del Monviso sa cosa ci si può aspettare.

Antonio fece un largo giro e, passando vicino alla grangia, vide le dita scarne aggrappate alle sbarre.

«*Cavalièr...* - disse una voce rotta dal pianto - *ajua aquesta frema...* (aiuta questa povera donna). Non voglio morire, voglio ancora vedere un altro tramonto e la luna diventare piena. Non è giusto, muoio senza colpa. Non merito quello che mi è accaduto. Mi hanno arrestata, trascinata via da casa, come un'assassina. Ci hanno caricati su un carro, dentro una gabbia in legno, come si fa con le bestie feroci. Ho pianto, supplicato, urlato, fino a quando il carro si è fermato. Mi hanno portata nelle prigioni, buttata in una cella come uno straccio. Sono solo una donna, non conosco il male, non capisco le accuse che mi fanno»

Antonio si alzò sulle staffe, fece un giro d'orizzonte con lo sguardo che si perdeva nella nebbia lattiginosa, dove neve e cielo si incontravano senza contrasti. Nessuno che potesse vederlo. Prese il mazzuolo dalla sacca e lo gettò attraverso la finestrella.

Il passo del cavallo era diventato una danza e neppure gli zoccoli sembravano far rumore.

Quando il lunedì i soldati arrivarono a prelevare i prigionieri, li attendeva una stanza vuota ed una finestra il cui incrocio di ferri era stato divelto. Cominciò il rimpallo delle competenze, fino a quando divenne chiaro come fosse stato l'Inquisitore ad indicare il luogo dove rinchiudere gli eretici.

Antonio, sollevato dal non dover essere altro che un accompagnatore, si tenne in disparte vedendo che la disputa aveva acceso gli animi.

Fu a quel punto che si decise di abbattere la borgata e di catturare altri contadini. Ne furono portati tre, a cui era già stata concessa la grazia dal Procuratore Francesco Arnaudo.

Iulian, Geniet e Balangier Lanfré, che avevano confessato accusando Maria e Franses, si credevano salvi. Furono bruciati nelle *gravere* di fianco al Po.

Antonio convinse l'Inquisitore a fare ritorno, assicurandogli che avrebbe testimoniato alla Marchesa di non aver mai udito che fosse partito da lui l'ordine di chiudere nella stalla i prigionieri.

La Ragion di Stato aveva fatto il suo corso e solo tre poveracci erano stati la moneta spesa.

Capitolo XX

Ancora una volta Saluzzo rivedeva da vicino il volto della guerra. Antonio era morto da una decina di anni ed anche Francesco, suo figlio, era passato dall'essere un bel ragazzone biondo dalle spalle possenti ad un vecchio canuto di ormai 63 anni. Sembrava la copia del padre ed anche i suoi due figli, Vincenzo di 12 anni e Nicola di 26, ricalcavano la tradizione di famiglia. Stessi fisici, stessi tratti somatici.

Era il mese di ottobre, un ottobre stranamente caldo e gli eserciti del Vescovo di Alessandria e del Conte di Benevello erano accampati fuori dalle mura[38] . Esigevano da tempo la risoluzione di un vecchio credito e le missioni diplomatiche erano fallite. Il Vescovo sosteneva che ancora andassero pagati i servigi resi dal fratello Cristoforo al Marchese Francesco per l'aiuto fornito nelle varie guerre a difesa della Villa.

E li pretendeva da Gabriele Ludovico del Vasto.

Il 23 ottobre 1542 arrivarono le sue truppe, accompagnate da quelle di Giovanni Faletti, Conte

---

[38] D. Muletti Storia di Saluzzo Tomo VI pag. 251

di Benevello, a cui non sembrava vero di riuscire a riappianare le sue finanze dopo il consistente aumento dell'oro, che a partire dal 1500 aveva causato una forte crisi economica[39] .

Lelio Guasto, fratello di Cristoforo, antico alleato di Saluzzo, si era trasformato nel suo carnefice.

La situazione era delicata e necessitava molta diplomazia. Una delegazione fu inviata ai Sindaci per chiedere il pagamento della somma dovuta, denari che ancora una volta avrebbero impoverito la comunità già dissanguata da continue scorrerie di eserciti. Veniva richiesto inoltre alloggiamento e cibo per tutta la soldataglia fino alla fine dell'inverno.

Francesco, come già suo padre, essendo uomo saggio e probo ed avendo la sua famiglia dimostrato nel tempo attaccamento e fedeltà ai Marchesi, era ormai invitato stabilmente a partecipare ai consigli ed alle riunioni, anche se il suo rango mai gli avrebbe permesso di essere equiparato ai nobili della Villa. Partecipava quel

---

[39]   Con la scoperta del Perù e delle sue miniere d'argento, l'abbondanza che ne derivò fece passare il rapporto Argento / Oro da 1:1 a 1:16 creando parecchi dissesti finanziari per gran parte della nobiltà che aveva rendite fondiarie a somme fisse. Francesco Frasca /Il sorgere delle potenze atlantiche. Mercantilismo e guerra ... - Pagina 12

giorno ai contatti che le delegazioni tenevano, presenti i Sindaci con grande abilità stavano per raggiungere un compromesso che avrebbe probabilmente salvato il Borgo da altre pene.

Un cavaliere arrivò trafelato ed attirò l'attenzione di tutti. Dalle stanze si sentì il trambusto ed in poco tempo il messaggero era al cospetto delle delegazioni.

«Parla, che nuove porti da Revello?»

«Il mio Marchese, Gabriele Ludovico del Vasto, ordina che alcuna somma pretesa venga data, non si conceda alloggio a quartieri d'inverno ed intima di allontanare gli eserciti»

Un brivido passò sulla schiena degli astanti. Avevano sperato fino all'ultimo che il Marchese non prendesse posizione e lasciasse l'incombenza ai Sindaci, essendo notoriamente poco incline alla politica e considerato debole ed incapace dalla stessa madre, che gli aveva fatto da reggente. Meglio sarebbe stato se avesse continuato a far da Priore al Monastero di Staffarda, anche se non era azzardato pensare che la presa di posizione fosse voluta dalla Madre Margherita di Foix, notoriamente filo francese.

Purtroppo le guerre fra fratelli e gli schieramenti in campi avversi, stritolati fra il Re di Francia e l'Imperatore, avevano prodotto il declino di tutto quanto creato da Ludovico II.

Il Vescovo ed il Conte, furiosi, fremendo di rabbia, si alzarono e guadagnarono l'uscita. Fu a questo punto che il Conte di Benevello si voltò verso la delegazione.

«Questa giornata resterà nella vostra memoria. Metteremo a ferro e fuoco la terra, bruceremo le vostre case e il pianto echeggerà nei vostri vicoli».

Tirò con rabbia le redini mentre montava in groppa al grosso cavallo da guerra che, con le giravolte, sembrava dare ancor più enfasi alle sue parole.

Furono forse gli scarti del cavallo a rendergli salva la vita, perché in quel momento un'archibugiata partita da una finestra gli sfiorò il collo. Francesco corse verso la finestra agitando le mani, nella vana speranza di riuscire a fermare una valanga che in realtà era ormai partita e non si sarebbe più fermata. Il Vescovo, il Conte e la loro scorta partirono al gran galoppo verso San Bernardino ed in poco tempo sparirono alla vista.

Poche ore dopo le porte della Villa erano di nuovo sotto assedio ed un varco fu aperto quasi subito. Le soldatesche, attirate dal saccheggio, entrarono con furia e uccisero un centinaio di persone, fra cui anche uno dei Sindaci. Cominciò la caccia ai Notabili ed alle persone facoltose, che furono poste subito ai ferri sotto riscatto. Nella furia del saccheggio, perfino la reliquia della Sacra Spina, donata dal Re di Francia a Ludovico e affidata alle cure dei Domenicani nel convento di San Giovanni, diventò preda di guerra. Anche le altre chiese subirono saccheggio e predazione.

Francesco era riuscito a defilarsi e si era mescolato alla folla che assisteva impotente alla scorreria. Aveva nascosto la moglie ed il figlio più piccolo in una vigna sulle colline di San Lorenzo. Ora, col figlio più grande Nicola, faceva muro contro gli eventi, cercando di sopravvivere nella confusione che si era creata.

Il 24 ottobre un grido, letto da un bando, ordinava che fossero svuotate le biblioteche e tutti i documenti presenti nel Palazzo Comunale per essere accumulati nella piazza del Castello. I vincitori intendevano cancellare per sempre le memorie di Saluzzo bruciandone gli archivi. I loro nemici stavano cercando di abbattere non solo la Villa, ma il potere stesso che la rappresentava. L'ordine era di non lasciare intatto alcun documento o testimonianza del passato.

Francesco e Nicola, memori del giuramento fatto alla famiglia di difendere la pergamena, capirono il pericolo e si offrirono come volontari.

Padre e figlio entrarono nell'archivio e, mostrando di collaborare, si avvicinarono al baule che conteneva la pergamena. In terra ricevute sparse, mandati e sacchi con scritte riferite ad anni diversi. Alcuni aperti, altri ancora chiusi, con cucite delle fascette di pergamena per riferimento. Parcelle di spese per cibarie dei cavalli, conti per alloggiamenti di soldati, nomine dei macellai ai macelli, cessioni, censimenti degli uomini atti alle armi e dei capi di casa, testimonianze di vita quotidiana... L'anima del Marchesato…

Videro il baule dietro un vecchio e massiccio tavolo di rappresentanza. Nicola fece un balzo per avvicinarsi e già lo stava aprendo quando una voce dietro di lui urlò.

«Spostati, cosa stai facendo?»

«Vi aiuto a raccogliere i documenti come avete ordinato»

«Hai intenzione di prenderli uno ad uno? Levati, stupido *paysan*» e mise mano sull'impugnatura di un coltello da cotta per render ancora più chiaro il suo pensiero. Poi si aggrappò ad uno scaffale e con tutta la sua forza lo tirò giù, facendo rovinare centinaia di pergamene rilegate, in una confusione che si aggiungeva alla confusione.

I due si guardarono disperati, timorosi di non poter far fede al loro giuramento.

Fu Nicola ad avere l'idea.

«Ascolta, noi siamo carpentieri. In uno di questi bauli c'è il rendiconto di lavori che ancora ci devono essere pagati. Lasciacelo cercare e ti daremo un tallero d'argento»

Il soldato li guardò e capì che i due potevano davvero essere artigiani. Era stato anche lui un fabbro nella vita civile e sapeva come dai lavori non pagati potesse dipendere la vita e la morte di una famiglia.

«Prima il tallero» disse.

«Vado a prenderlo - rispose Nicola - lascia che nel frattempo mio padre cerchi. Non avrai mica paura che un vecchio ti possa sfuggire, vero?»

«Che ci provi!» rispose il soldato sogghignando.

«Arrivo subito, vado a prenderlo»

«Ne voglio cinque» disse di rimando il soldato, rincarando la dose.

«Non ne abbiamo cinque, per noi è una grossa somma. Però si tratta di una moneta molto bella e rara, che ci è stata data in pagamento dallo stesso Marchese appena fu coniata una ventina di anni fa»

«E allora il foglio resta qui e sarà bruciato»

«Senti, posso portarti tutto quello che abbiamo e cioè il tallero e 10 fiorini saluzzesi. Non abbiamo altro ed è già più della metà di quanto dovremo ricevere in pagamento. Se lo riceveremo»

«Sta bene...vai» disse di rimando il soldato.

Francesco vide lo sguardo di cupidigia e decise di non fidarsi di lui. Spostò lo scaffale e cominciò a togliere pergamene e fogli sparsi. Poi aprì il baule e trovò quello che cercava. La pergamena faceva capolino da sotto il foglio del resoconto e per una serie di combinazioni che lo turbarono, i due fogli gli si erano aperti proprio davanti, come se un fantasma avesse voluto aiutarlo nella ricerca.

Guardò il soldato rimasto solo nella stanza che non voleva testimoni scomodi e quindi aveva mandato via i suoi due sottoposti e le persone arruolate a forza, con l'ordine di spostare ed accumulare sulla via tutti i documenti dell'archivio. Il soldato ricambiò lo sguardo, ma sembrò intuire l'apprensione che turbava l'uomo e decise in un attimo che il valore attribuito a quel carteggio fosse decisamente più alto. Anche Francesco capì il gioco e d'istinto prese una pergamena a caso.

«Eccolo!»

«Dammi qua» ordinò l'armigero avvicinandosi per rubargliela di mano. La aprì e Francesco intuì chiaramente che non sapeva leggere.

Fece infatti, in modo plateale, tutte le mosse che aveva visto fare da coloro che cercavano di dare un'interpretazione a quei segni, tenendo con la sinistra il carteggio aperto e facendo scorrere le dita sulle righe. Era evidentemente fuori dal suo elemento, ma l'astuzia del dannato sopperiva allo svantaggio del momento.

Nel frattempo Nicola entrò nella stanza stringendo un piccolo sacchetto in cuoio.

«Sapete – disse il soldato - ho la sensazione che voi vi facciate burla di me. Adesso vedremo quanto valgono davvero per voi questi fogli» Nel dirlo estrasse il pugnale affilatissimo e tracciò un taglio di traverso guardando negli occhi i due.

Francesco restò impassibile, ma Nicola, non sapendo della sostituzione, fece un passo per andare incontro all'uomo, che arretrò puntandogli il pugnale.

«Ahhh ... quindi avevo ragione – disse - ora quei pochi pezzi non bastano più»

«Non sei stato furbo, uomo - disse Francesco bluffando - come ti ha detto mio figlio il valore del pagamento non supera quello del conto. Avresti dovuto accettare»

«Lo vedremo, per ora comincia a darmi il sacchetto che controllo»

Prima che Francesco lo fermasse, Nicola gli gettò il piccolo sacco di cuoio. L'uomo lo prese al volo e tirò fuori il tallero, una grossa moneta in argento che raffigurava il busto di Margherita di Foix in vesti vedovili, con la data 1516.

Rigirandola capì il valore della moneta, un fior di conio, con al rovescio un albero al quale era appeso lo stemma delle armi accollate dei Foix e dei Saluzzo e sopra un uccellino.

Sicuramente un pezzo di valore

Mentre lo rigirava fra le mani assorto nei suoi pensieri, Francesco fece un cenno con gli occhi al figlio. Nicola non capiva, ma intuiva che suo padre avesse qualcosa in mente. Allora gli indicò la pergamena che faceva capolino e lui comprese al volo.

In quel momento Francesco sfilò dallo scaffale sbilenco un sottile carteggio rilegato e cucito con la copertina pressata e assestò con quello un colpo preciso sotto il pomo d'Adamo del soldato, che crollò a terra senza un lamento, afflosciandosi come un sacco. Nicola recuperò il tallero ancora prima che toccasse terra e con lui il sacchetto di monete d'oro.

Francesco scavalcò i sacchi e prese la pergamena, mettendola nell'ampia tasca. Poi, senza proferir parola, additò al figlio l'anello fissato alla grossa pietra che copriva una stanza sotterranea. Si guardarono intorno per verificare d'esser ancora soli. Presero una colonna tornita in legno che aveva fatto da sostegno agli scaffali, la infilarono nell'anello, e con tutta la loro forza fecero leva. Sembrava non muoversi, ma alla fine cedette, lasciando intravedere il buio parecchi metri sotto.

Il tallero

Il soldato li guardava con gli occhi sbarrati, cercando una boccata d'aria che faticava ad arrivare attraverso la trachea compromessa.

Con un calcio ben assestato lo spostarono sull'orlo del baratro e lo guardarono precipitare senza un lamento. Ricoprirono e se ne andarono sotto gli occhi assenti di tutti coloro che erano intenti a distruggere per sempre la storia di Saluzzo.

Capitolo XXI

Saluzzo, un ladro maldestro - 2017

«Buongiorno, Padre Gaudenzio, si accomodi»

«Buongiorno, Maresciallo. Le ho portato a vedere le cassette dove ci sono le registrazioni. Avevo ragione, qualcuno c'era. Ne sono certo perché il fermo che avevo rimesso al saltarello era di nuovo sparito, quindi vuol dire che mentre noi eravamo lì, qualcuno era nascosto da qualche parte»

Il Maresciallo socchiuse gli occhi interessato.

«Lei le ha visionate?»

«No, Maresciallo, io non so usare queste diavolerie»

«Bene, ci pensiamo noi. Appuntato!»

«Comandi Maresciallo»

«Dovremmo guardare delle cassette, abbiamo ancora da qualche parte un lettore VHS?»

«Mhhh, sì, da qualche parte dovrebbe esserci, bisogna solo trovare qualcuno che si ricordi come funziona»

«Bene, veda se qualcuno può aiutarci»

«Mi dica, Padre Gaudenzio, si è accorto se manca qualcosa?»

«No, sembrerebbe di no, ho dato un'occhiata frettolosa, ma le cose spicce come la cassetta delle elemosine, che di solito fan gola a quei balordi, non sono state toccate. Non vorrei che fosse qualcuno che stesse preparando un colpo più grosso»

«Già, possibile. Non ha notato cose o persone strane in questo periodo, diciamo, cose insolite?»

«No, non che mi ricordi, più o meno le solite cose, le solite... ma aspetti, adesso che ci penso, una cosa fuori dall'usuale è successa, però si tratta di una persona che conosco ... conosco la famiglia, un'ottima famiglia»

«Quindi mi sta dicendo che conosce la famiglia, ma non la persona?»

«E' così»

«Mi spieghi meglio…»

«Beh, giorni fa sono stato contattato da un maestro delle Elementari... già, ora si dice Scuola Primaria - sorrise - che mi chiedeva di raccontargli qualche aneddoto su San Giovanni e di poter fare una foto di Saluzzo dal campanile per una ricerca che stava facendo per la scuola»

«Come si chiama?»

«Pietro Ghigo, mi ha detto di chiamarsi Pietro Ghigo»

Pietro Ghigo - scrisse su un foglio il Maresciallo - «Mi perdoni... "mi ha detto"... nel senso che lei pensa che potrebbe non essere il suo vero nome?»

«Beh, per la verità non credo, abbiamo parlato del nonno e alcune cose coincidevano»

«Quanti anni indicativamente?»

«Direi massimo una trentina»

«Ok, lo ha trovato sospetto? Mi diceva che conosce la famiglia ...»

«Certo, conoscevo il nonno, una gran brava persona, che ogni giorno nella sua passeggiata mi portava il pane. Qualche volta anche dei biscotti»

«E cosa le ha chiesto?»

«Chi, il nonno? Il nonno è mancato da tempo...»

«No, mi riferivo al nipote...»

«Ahh, certo, scusi... mi ha chiesto... beh, in effetti era più interessato al campanile che agli aneddoti ed appena siamo entrati si è subito arrampicato come un gatto e c'è voluto un bel po' per farlo scendere. Mi sono anche arrabbiato, perché era pericoloso e gliel'ho anche detto. Ma no... lui voleva fare delle foto»

«Quindi poi non le ha più chiesto nulla, in relazione agli aneddoti»

«Beh, per la verità ero così contrariato che non gli ho più lasciato spazio per altro e l'ho cacciato»

«Capisco»

«Maresciallo - disse un Carabiniere affacciatosi sulla porta - se vuole è tutto pronto. Possiamo procedere a visionare la cassetta»

«Ah, bravo, ottimo lavoro...venga Padre»

La qualità era pessima, come del resto tutto l'impianto, ma una cosa era certa... Padre Gaudenzio non si era sbagliato. Ad un certo punto si riusciva a distinguere bene un'ombra fugace. Di chiaro non c'era nient'altro, ma perlomeno avevano qualche elemento su cui ragionare. Il portamento, l'andatura e la corporatura, oltre all'orario d'arrivo ed all'orario d'uscita. Perché erano chiari sia l'arrivo che la partenza. Circa le 21 e le 21,40. Era passato dal chiostro e con un po' di fortuna, interrogando la caffetteria o il ristorante, qualcosa sarebbe potuto venir fuori.

«Bene, Padre Gaudenzio, direi che qualcosa su cui lavorare c'è. Mi dia un paio di giorni e ci sentiamo. Nel frattempo stia tranquillo e sereno e non si faccia scrupolo di chiamarci per qualsiasi cosa, anche se le sembra ininfluente. Qualsiasi nota stonata nella canzone deve essere sottolineata»

«Grazie Maresciallo, ci conti»

Pietro non riusciva a prender sonno. L'eccitazione della scoperta, il rischio corso, il lieto fine... ma c'era altro che davvero lo disturbava e lo metteva a disagio.

Quei momenti in cui, ripensandoci, era sicuro che in quella stanza ci fossero strane presenze. Aveva sempre riso di quelle trasmissioni per gonzi e di quelle dicerie. Tra l'altro non era credente, non nel senso religioso del termine, ma anche se ammetteva che potesse esserci qualcosa dopo la morte, certo non avrebbe preso in considerazione un tavolino a tre gambe e catene sferraglianti.

E quel qualcosa lo accreditava di più ad una specie di trasmigrazione di atomi, una roba tipo "nulla si crea, nulla si distrugge".

Eppure era sicuro delle sensazioni provate, anzi, adesso, ripensandoci avrebbe giurato anche di aver sentito una richiesta di aiuto. La cosa non poteva essere frutto della sua fantasia, perché nella migliore delle ipotesi lui si sarebbe aspettato un "Help!" E mai e poi mai si sarebbe potuto inventare, neppure nel subconscio, un "auxilium" o qualcosa del genere. Eppure lo ricordava, come ricordava il tono di voce, flebile, ma deciso.... Non se lo spiegava.

Ormai del tutto sveglio, si alzò e prese in mano i due pezzi di mattone.

La scritta c'era, era evidente e di sicuro era lì per qualche motivo. Solo che lui non riusciva a capire quale fosse. Sembravano lettere latine, greche e romane messe alla rinfusa. Di certo qualcuno non si sarebbe preso la briga di organizzare tutto quel trambusto per una semplice scritta. Le guardò e riguardò. Le mise lontane, vicine, se le portò perfino in bagno mettendole in bella mostra sul ripiano. Continuava ad interrogarle come se col pensiero potesse mettersi in contatto con loro per aver risposte.

Poi, sconfitto, decise di tornar nel letto.

Cercò di liberare la mente e poco dopo, complice la stanchezza, riuscì finalmente a dormire. Fu un sonno dapprima profondo e poi agitato, di quelli in cui si ha la sensazione di essere sveglio, pur dormendo.

Alle 7 suonò una sveglia che in realtà lo trovò già sveglio. Si alzò e ritornò in bagno. Sempre rimuginando, si infilò sotto la doccia, poi imbracciò l'asciugamano asciugandosi con forza, quasi con rabbia, per esorcizzare la scritta che dal mattone lo guardava. Prese il pennello con la confezione di "Proraso" e cominciò il rito della barba mattutina, un momento di estrema concentrazione e rilassamento che era sempre propizio ad un buon inizio di giornata.

Accidenti!

Ecco la soluzione davanti ai suoi occhi... il mattone ricomposto si rifletteva ora nello specchio che sua moglie utilizzava per il trucco. E gli parlò.

Capitolo XXII

Saluzzo, morte in convento - 1319

"Nunc dimittis servum tuum, Domine" ... le parole del Cantico di Simeone erano parte integrante della Compieta e Isidoro pregava immerso in uno stato di grazia che mai aveva provato. Udì l'ultima frase quasi come se fosse governata da un'eco «...dormiamo in pace, vigiliamo in Cristo», consapevole che fosse il giusto viatico.

Fu uno sguardo di serenità quello che dedicò al suo fratello trovato, quando, girandosi un'ultima volta, si accomiatò definitivamente da lui. Scese leggero gli scalini che lo avrebbero portato alla Sala del Tribunale e Oberto poteva giurare di aver visto un'ombra che lo accompagnava.

Si fece il segno della croce.

Già al *"Mattutino"* un certo fervore cambiò la routine del convento. Alcuni frati mancavano e il dubbio si trasformò in certezza quando la campana richiamò i monaci con il suo suono lugubre.

Un corpo si era trascinato fin sotto il portico del chiostro, disteso a terra col viso devastato, ma con un'espressione di serenità che contrastava con il dolore che sicuramente ne aveva pervaso le membra.

I monaci iniziarono la recitazione dei salmi, compresi quelli per i moribondi. Poi, secondo l'uso, lo rivestirono del cilicio[40] e lo lasciarono respirare a fatica negli ultimi spasimi. Ricevette l'Olio Santo e morì rendendo l'anima al Signore suo.

Oberto, nell'ombra di una colonna, piangeva l'amico.

Erano passate settimane e quell'episodio aveva fornito una tregua al terrore che ormai serpeggiava nel Convento. Il Priore, come in estasi, partecipava a tutte le funzioni con sguardo assente, come se ormai appartenesse ad un'altra dimensione.

Oberto era diventato a tutti gli effetti il cuoco, dopo la morte di Isidoro ed in quella fredda giornata di dicembre un pentolone cuoceva sul fuoco da quasi un giorno.

Era prossima la prima domenica di Avvento, un mese ricco di novità e di attesa ed anche un periodo di obblighi ben precisi che i monaci erano tenuti a rispettare. In primis quello del digiuno, che in quel tempo veniva intensificato.

---

[40] Veste intima ruvida fatta di peli di capra

Manfredo IV osservava la pianura dalla grande finestra della camera di parata del Palazzo. Era stato un buon Marchese. Aveva 37 anni quando gli piombò addosso il potere in seguito alla morte del padre Tommaso. Ricordava ancora quel freddo gennaio del 1297 quando, dopo la rinuncia al titolo di suo fratello Francesco, ricevette l'investitura dall'Abate di San Dalmazzo.

Furono subito mesi intensi. Dovette confrontarsi immediatamente con la Politica, cercando di ricomporre vecchie inimicizie e rancori che erano il perenne tarlo del Feudalesimo. Era un gran lavoro quello dei Notai, sempre pronti a stilar atti riferiti a patti che spesso erano disattesi e impugnati all'ultimo.

In pochi mesi era riuscito a portare la pace nei territori confinanti con i Marchesi di Busca e con gli uomini di Lagnasco e Revello, sempre pronti a liti a causa di confini o per lo sfruttamento delle acque [41]

Inoltre, con un acume ed un'intuizione politica illuminata, aveva concesso affrancamento da tutti i diritti di successione, lasciando facoltà di vendere i propri beni ai legittimi proprietari. Aveva scambiato queste franchigie con una tassa annuale

---

[41] D. Muletti, Memorie storico diplomatiche tomo III, libro IX, pagina 9

di centottanta lire astesi al primo giorno dell'anno, che il Comune si sarebbe fatto obbligo di pagare.

Erano passati solo due anni, ma già la sua impronta politica aveva lasciato il segno. Si era privato anche del diritto atavico dei Marchesi, che prevedeva fossero loro riservate le lingue, i lombi e le coste di tutte le bestie macellate in Saluzzo. E anche dei diritti di taglio dei boschi o quello dei tributi da pagare per esporre la merce sui banchi dei mercati.

La cosa che però fece la differenza fu l'accordare ai saluzzesi la facoltà ogni anno di suggerire statuti e capitoli che il Marchese stesso avrebbe dovuto utilizzare per governarli[42]

Una vera ondata di modernità, che non mancò di portare serenità e pace in un momento storico in cui queste due cose erano pressoché sconosciute. Del resto, essendosi riservata l'ultima parola di approvazione per qualsiasi riforma, non si poteva davvero dire che avesse abdicato al potere.

Queste decisioni ebbero comunque il grande effetto di far convergere sulla Villa famiglie importanti e nuove risorse, commercianti, artigiani

---

[42] Muletti Storia di Saluzzo tomo 5 pag. 196 /225 si arrivò addirittura ad una mutua assicurazione contro i danni da incendi.

e mercanti, che con le loro attività determinarono l 'arrivo di nuova ricchezza sul territorio.

Ora avrebbe potuto godersi il successo della sua avveduta politica.

Purtroppo però grosse nubi si accumulavano sul Marchesato.

La seconda moglie, Isabella Doria, sposata dopo la morte di Beatrice, sembrava determinata a privilegiare suo figlio Manfredo nella scala gerarchica. Non si faceva scrupolo di rigettare antiche regole e consuetudini, per fare in modo che venisse privato del diritto di successione Federigo, il primogenito già precedentemente dichiarato erede.

Manfredo IV stava cercando di capire come gestire il rapporto coi figli, ben conscio che decisioni sbagliate avrebbero potuto scatenare guerre dalle conseguenze difficilmente immaginabili e valutabili.

Aveva quindi deciso di chiedere consiglio al Priore nel corso di un giorno di penitenza e meditazione, partecipando alle funzioni e confidando che la mano di Dio lo avrebbe accompagnato nella scelta
43

---

43 Nel 1321 Manfredo IV donò infine al secondogenito Manfredo gran parte delle sue terre, lasciando una parte irrisoria a Federico; quando due anni dopo il marchese diseredò il primogenito, si scatenò una furiosa guerra civile

I monaci erano in fibrillazione e Oberto intuiva non fosse solo per la Liturgia. In modo inusuale, in quella prima domenica, il Priore aveva dato disposizioni affinché fossero sospesi i digiuni. La causa, a loro ignota, era dovuta al fatto che, in gran segreto, il Marchese avesse espresso desiderio di partecipare alla preghiera come penitente.

In preparazione dell'evento, vennero impartite disposizioni circa le pulizie personali, per cui furono modificati i tempi concessi ai monaci in modo che potessero lavarsi e pettinarsi e ordinato che per la cerimonia di chiusura il pasto fosse più abbondante del solito, prevedendo tre "*generali*", due pietanze, del pane e poi ancora una porzione di cibo vario oltre al vino.

Le generali erano porzioni comprendenti uova, formaggio o pesce destinate ad un solo monaco e servite in un unico piatto, mentre invece le pietanze erano porzioni da dividere fra due frati. La consuetudine aveva in sé un valore inaspettato, quello di controllarsi a vicenda, facendo in modo che i confratelli mangiassero e non cadessero nella tentazione di fare digiuni troppo severi [44]

Nonostante i monaci accogliessero con gioia la novità, il linguaggio dei segni esprimeva

---

[44] Stefano Benedetto Consuetudini di Fruttuaria

furtivamente il disagio per la contravvenzione alla regola ferrea che veniva applicata in tutti i monasteri.

Oberto, come nuovo cuoco, aveva integrato la dieta con delle piccole invenzioni che avevano reso i parchi piatti dei frati delle prelibatezze a cui il loro palato non era abituato. L'arrivo in tavola delle sue minestre era sempre accolto da un mormorio di approvazione, che contrastava con gli sguardi di disapprovazione del Priore.

Fu chiaro però che anche lui mostrava di apprezzare la novità, in quanto decise di derogare alla regola dei Cistercensi, che prevedeva una rotazione settimanale del cuoco.

Anche il vino, parte integrante della dieta, in quel periodo veniva spillato da botti di maggior qualità.

A tavola i monaci ricevevano in primo luogo vino puro, bianco e rosso che, una volta finito il calice, poteva essere riordinato col linguaggio dei segni.

Un dito che toccava la guancia per il vino rosso, due dita sull'occhio o sul sopracciglio per quello bianco.

Dopo le prime mescite, le successive venivano temperate con acqua, lo chiamavano *linphatum*, ma sempre vino annacquato era.

Alla fine del pranzo, veniva preparata per loro la *Pusca*, cioè si aggiungeva al vino acidulo di ultima spremitura acqua calda addizionata con erbe aromatiche, spezie, miele e frutta per renderla più gradevole. Oberto si rese conto che quella sarebbe stata l'occasione tanto attesa. La *Pusca* avrebbe integrato e dissimulato gli eventuali sapori difformi e il Priore non si sarebbe accorto di nulla. Prese bacche e fiore e mise tutto in infuso.

Capitolo XXIII

Saluzzo, l'interrogatorio – 2017

All'uscita di scuola salutò gli ultimi bambini che ogni giorno facevano gara ad accompagnarlo, raccontandogli un sacco di cose personali, alcune perfino di situazioni familiari che lo mettevano in imbarazzo.

Prese la bicicletta che utilizzava tutti i giorni per fare il breve percorso che lo portava da casa a scuola e viceversa e vide due Carabinieri che sembravano aspettarlo. Li salutò con un cenno, quando uno dei due, con mano alla visiera per il saluto militare di rito, lo incalzò.

«Dottor Pietro Ghigo?»

«Sono un semplice maestro - rispose con un sorriso - Posso esserle utile?» immaginò che fosse il genitore di uno dei nuovi ragazzi appena arrivati.

«Le devo comunicare che il Maresciallo Giovine avrebbe piacere di incontrarla per chiederle alcune informazioni»

Pietro entrò in allarme e la saliva gli si bloccò in gola. Di colpo aveva la bocca asciutta.

«Di cosa si tratta?» domandò sforzandosi di avere un atteggiamento rilassato, mentre il suo cervello gli urlava di girarsi e scappare.

«Non saprei, credo qualcosa di routine, comunque se potesse recarsi in giornata in caserma, il Maresciallo gliene sarebbe grato»

«Beh, certo, vedo di riuscire ad incastrare la cosa in mezzo agli impegni. Spero di farcela, quali sono gli orari?»

«Orari d'ufficio, Dottor Ghigo, comunque se ha problemi particolari magari dia un colpo di telefono che vi mettete d'accordo»

«Certamente, grazie, farò così nel caso»

Alle tre del pomeriggio sedeva su una sedia in una saletta d'attesa della Caserma.

Già l'essere entrato dopo aver consegnato un documento al piantone senza che questi glielo restituisse, lo aveva mal disposto.

Non sapeva che, dall'altra parte di un finto specchio, il Maresciallo con un collega lo avesse sotto osservazione. Continuava a guardare l'orologio ed a passarsi la mano nei pochi capelli, mentre tamponava con un fazzoletto le gocce di sudore sotto il naso. Il dubbio relativo ad una convocazione può fornire un certo nervosismo a seconda dei soggetti, ma o questo era particolarmente emotivo oppure aveva qualcosa da nascondere... l'esperienza del Maresciallo propendeva per la seconda.

«Prego, signor Ghigo, si accomodi e scusi se l'ho fatta aspettare. Faremo veloce, è solo una piccola formalità»

«Certo, mi dica» rispose un pochino più rilassato.

«Avrei necessità di sapere dove si trovava la sera di venerdì verso le 21»

Un'intera banda cittadina, compresi un forsennato che batteva la grancassa a tutto spiano ed un tizio con una tuba che soffiava con la faccia paonazza, esplosero nella sua mente.

«Oh, mamma - si sentì dire come se non fosse lui a parlare e vedesse un attore recitare - ... non saprei, mi ci faccia pensare... non mi viene proprio in mente!» azzardò, mentre pensava ad un film in cui il colpevole con un alibi pronto, aveva destato sospetti.

«Potrebbe essere stato a cena al Ristorante San Giovanni?» lo incalzò il Maresciallo.

«Beh, no, in effetti sono stato a cena al Ristorante, ma credo sia stato il giorno prima» provò a mentire sapendo bene che non avrebbe fatto la differenza.

«Guardi, signor Pietro, giochiamo a carte scoperte - disse il militare chiamandolo per nome in modo da tendergli una mano - sappiamo che è stato lì venerdì sera, ci sono vari testimoni che possono confermarlo, compreso una coppia che lo ha visto nel portico del ...»

«Ah sì, vero - tentò una estrema difesa - e quindi? Ho cenato con mia moglie e i miei suoceri» Adesso che la rabbia aveva lasciato spazio al timore l'atteggiamento era diventato più risoluto. Tutta quella gente che non si faceva i fattacci propri...

«Beh, vede, non sarebbe certo un problema, se non fosse che lei è mancato a detta dei camerieri per circa 45 minuti ed il caso vuole che proprio in quei 45 minuti qualcuno si sia introdotto nella chiesa di San Giovanni e sia stato ripreso dalle telecamere. Le interessa vedere i filmati oppure ha qualcosa da dirmi?»

Pietro pensò un attimo al da farsi e poi capì che era inutile nascondersi.

«Ok, ero io. Immagino che le piacerebbe avere delle spiegazioni»

«Sarebbe un buon inizio, signor Ghigo - disse il Maresciallo ritornando al cognome - lei è una persona per bene e devo ammettere che la mia è una curiosità non solo professionale. Non ce la vedo a fare il basista per un furto in chiesa. Quindi?»

Pietro raccontò tutto ed il suo racconto collimava con quanto riferito da Padre Gaudenzio. Quando alla fine si sentì sollevato per aver vuotato il sacco, dicendosi disposto a restituire il mattone che era ancora in suo possesso, il Maresciallo commentò...

«Devo dire che col mio mestiere ne ho viste di cotte e di crude, ma mai avrei pensato di dovermi occupare del furto di un mattone e penso che Padre Gaudenzio sia disponibile a non fare una denuncia se lei lo restituirà. Mi fa piacere sapere che sia una cosa così semplice, perché quel povero frate ha già subito un'aggressione ed era piuttosto preoccupato. Spero comunque si renda conto che lei ha compiuto dei reati da denuncia penale, per una ragazzata che una persona nella sua posizione non dovrebbe compiere»

«Certo che sì - rispose il maestro - diciamo che nei film non finisce così» e accennò un mesto sorriso.

Il Maresciallo si alzò, lo accompagnò e nel salutarlo gli strinse la mano, cosa che non aveva fatto quando era entrato.

Poteva essere un buon segno.

Capitolo XXIV

Saluzzo, le scuse e l'alleanza – 2017

Suonò il campanello sulla porta della sacrestia e poco dopo quella si aprì mostrando il volto rubizzo del frate.

«Prego, entri» disse senza molta enfasi.

«La ringrazio - rispose Pietro con la faccia contrita - Grazie anche per non aver sporto denuncia. Ho commesso una leggerezza»

«Dica pure stupidaggine»

«Certo, ha ragione, stupidaggine» Il frate si raddolcì.

«Non riesco ancora a capire cosa diavolo le sia passato per la mente»

«Credo che il Maresciallo Giovine le abbia già accennato al motivo - disse spiegandogli con enfasi la sua teoria circa lo strano fenomeno dell'ombra sul Campanile - Guardi! - esclamò tirando fuori i due mezzi mattoni - Non è un caso. Questo mattone era esattamente dove cade l'ombra, al dodicesimo gradino. Osservi la scritta, sono sicuro che sia una specie di caccia al tesoro»

«Ma quale tesoro! - disse il frate - Possibile che siate sempre tutti infatuati dalla frenesia dell'oro?»
«Ma no, Padre Gaudenzio, non mi sono spiegato. Caccia al tesoro, nel senso che qualcuno ha sparso indizi e sono convinto che dietro ci sia qualcosa di ben più importante di un tesoro! Qui qualcuno ha voluto lasciare un segno e sapeva quel che faceva.
Io l'ho interpretato» - disse tirando fuori uno specchio e facendo vedere la scritta TEMPUS FUGIT"

Il frate osservò. incuriosito l'immagine nello specchio. Ora era effettivamente leggibile.
«Sarà stato un burlone del medio evo!» rispose caparbiamente.
«Non credo e ci sarebbe anche un'altra cosa. Padre, se promette di astenersi dal giudizio su

quello che sto per dirle, la risposta potrà darmela lei»

«Sentiamo dunque. Prometto di ascoltarla senza pregiudizio alcuno»

«Quando ero nascosto nella torre, ho sentito seriamente delle presenze intorno a me. Come se qualcuno si fosse seduto accanto e mi avesse sfiorato con la sua gamba calda. Era calda anche la panca. Poi ho sentito come un soffio sul viso ed una mano mi si è posata sulla spalla, una mano pesante. In ultimo ho sentito una voce che diceva ... "auxilium"»

Pietro pronunciò queste parole tutte d'un fiato con un'enfasi ed una forza che non mancarono di fare effetto sul vecchio frate.

Padre Gaudenzio stette in silenzio per un bel po'. Poi disse...

«Sì... so di queste presenze. Sono nella Chiesa e tutti i frati che sono stati qui ne hanno sempre avuto consapevolezza»

Pietro tirò un sospiro di sollievo e si allungò inarcando la schiena sulla sedia.

«Dio sia ringraziato - si sorprese a dire, con una frase che di sicuro arrivava da qualche reminiscenza di film storico, - temevo che mi avrebbe preso per pazzo. E ora torniamo alla scritta.

Credo che ricorra spesso nelle meridiane e se come penso è un indizio, allora dobbiamo cercare una meridiana»

«Ma Saluzzo è piena di meridiane - rispose il frate - e molte sono in uno stato pietoso; probabile che, se anche ci fosse su una scritta, non sarebbe più leggibile»

«E' vero - disse Pietro - ma se vogliamo dar credito a quella richiesta d'aiuto, dobbiamo anche credere che sappia che gli indizi esistano ancora»

«Bene, allora dovremo cominciare con lo scartare tutte le meridiane che non possono interessarci» disse il frate che iniziava ad essere coinvolto e molto più capace ed efficiente di quanto si sarebbe detto a prima vista.

«E cioè?» chiese il maestro.

«Beh, direi che possiamo escludere tutte quelle prima del 1556, l'anno in cui fu aggiunta la cuspide. E' chiaro che chi ha lasciato l'indizio può essere solo il costruttore della cuspide. L'unico in grado di notare l'ombra e di farla coincidere con l'indizio. E con tutta probabilità ha lasciato la traccia nei pochi anni successivi. Credo entro il 1560»

«Fantastico, padre Gaudenzio, lei è un vero detective! Potremmo anche azzardare che la meridiana sia proprio sulla facciata della Torre Civica. Chi aveva accesso alla torre per posizionare la cuspide di sicuro poteva gestire a suo piacimento le facciate»

«Sempre che non salti fuori un altro problema – disse il frate facendosi pensieroso - Mi pare di ricordare che in epoca napoleonica qualcuno mise mano alla cuspide, forse modificando la banderuola, il che ci proietterebbe di un paio di secoli e oltre, mettendoci sul piatto decine di meridiane»

Di colpo Pietro piombò nello sconforto.

«Accidenti, è vero! La cosa si fa complicata»

Stettero un bel po' in silenzio a rimuginare, fino a quando Pietro fece un balzo dalla sedia e dette una manata sul tavolo, facendo sobbalzare anche il povero Padre Gaudenzio.

«NO! Abbiamo la prova che dobbiamo riferirci al 1560! Ecco cosa mi era sfuggito! Non gliel'ho detto, ma quando ho preso i primi appunti, avevo notato l'ombra al quindicesimo gradino. In realtà poi il mattone era al dodicesimo. Me ne ero completamente dimenticato, ma adesso mi è chiaro il perché! Nel 1731 dovettero mettere mano ai danni delle intemperie e riposizionarono la palla di rame sulla sommità. E' possibile che anche la banderuola abbia subito variazioni di altezza e sia cambiata la proiezione dell'ombra.

Quindi il mattone era esattamente dove cadeva la prima ombra.

Per cui, chi ha lasciato l'indizio è lo stesso che ha costruito la prima cuspide. Sono convinto che possiamo riferirci al 1560, escludendo le meridiane posteriori»

«Bene, allora torniamo pure alla prima ipotesi e cerchiamo la meridiana sulla Torre, che è la cosa più logica. Con tutti questi calcoli per lasciare un indizio, è evidente che gli autori abbiano voluto indirizzare la ricerca proprio là dove l'indicazione partiva. Cominciamo da lì e se ci sbagliamo cercheremo altrove»

«Perfetto, diamoci da fare» disse Pietro.
«Presumo che quel "diamoci"" sia un *"plurale maiestatis"*. Non ho nessuna intenzione di

arrampicarmi su una torre alla mia età» disse sorridendo Padre Gaudenzio.

«Beh, se è per questo, neanch'io. Ho già fatto l'equilibrista sul Campanile e per poco non facevo un bel salto»

«Allora non vedo come potremmo fare. Mi pare che la Torre avesse delle meridiane, credo ci siano ancora gnomoni qua e là, ma di sicuro per andare a verificare ci vorrebbero ponteggi e relativi permessi. Bisognerebbe spiegare tutto ed aspettare il beneplacito della Sovrintendenza, Comune ecc. Senza contare che mi chiedo chi sosterrebbe il costo. Coi tempi della burocrazia, mi sa che incontrerò prima Nostro Signore»

«Forse no, Padre Gaudenzio»

«Cosa intendi?» disse il frate passando per la prima volta al "tu".

«Credo si possa fare con un drone» Padre Gaudenzio lo guardò divertito e si sentì galvanizzato dalla possibilità di poter accedere a quei giochini che aveva visto in televisione.. L'umanità aveva fatto in sessant'anni anni un balzo ben più lungo di quello fatto in mille. Ricordava le prime trasmissioni di Radio e Televisione, Mike Bongiorno, Lascia e Raddoppia, tutte cose che avevano stravolto la vita delle persone. Gli venne in mente quando il sabato sera si andava tutti al bar del paese per vedere Mario Riva ed il suo Musichiere.

«Già, Mario Riva» sussurrò fra sé e sé...

«Come dice?» domandò Pietro.

«Lascia perdere...» sospirò il frate.

«E dove lo prendiamo quel coso?» chiese Padre Gaudenzio.

«Ce l'ho io - rispose soddisfatto Pietro - Me l'hanno regalato a Natale»

«Bene, allora prepara tutto e avvisami quando sei pronto»

Capitolo XXV

Refettorio di San Giovanni, una soluzione sofferta -1319

Il Priore venne nel chiostro. Due frati, seduti, si alzarono. Lui guardò Oberto e gli chiese di baciargli le ginocchia in segno di rispetto. Era una vecchia consuetudine che continuava a resistere.

«C'è gioia in cielo davanti agli angeli quando un peccatore fa penitenza» disse il Priore.

«Amen» recitarono i frati nel mettersi uno di fronte all'altro per chiedersi a vicenda il perdono.

«Fratelli, non dovete pensare che questo valga per tutti i peccati, ma solo per quelli che avete confessato. Se qualcuno di voi riconosce essere colpevole di qualche crimine e non si è confessato, non pensi di avere qualche indulgenza. Dice l'apostolo «Chi commette un peccato è schiavo del peccato», perciò ciascuno di voi indaghi nel proprio cuore e nella propria mente e se lì avverte qualcosa per cui sia legato al servizio del Diavolo, si affretti per essere assolto»

Oberto capì che quelle parole erano per lui e ricordò come l'inganno avesse già sortito effetto una volta.

Non sarebbe successo ancora.

Il Marchese si incamminò ben prima del sorgere del sole scendendo a piedi, in forma dimessa e con indosso un abito da converso. Dal bosco buio, il grido stridulo di una civetta lo salutò al passaggio e lui la maledisse, nascondendo il viso con un brivido nel cappuccio.

La discesa dal Castello soprano richiedeva una ventina di minuti; percorrere poco meno di un miglio, senza torce o lanterne, era decisamente disagevole. Solo un armigero ed un uomo di fiducia accompagnavano Manfredo, che voleva discrezione e anonimato.

Stesso atteggiamento che giorni prima aveva caratterizzato l'avviso al Priore, visto che le elemosine andavano fatte segretamente. Era intenzione del Marchese accordare al Convento una generosa elargizione da farsi ai poveri ogni anno la prima domenica del mese, ordinando che quattrocento di essi avessero ciascuno un pane di una libbra ed un terzino di vino. Oltre al dono diretto nelle mani del Priore di cento denari.

Il Portinaio aprì con deferenza, accogliendo il pellegrino col *"Deo Gratias"*. Il Priore, che attendeva all'interno del Convento, fece un breve cenno di saluto al penitente, facendogli gli onori di casa e lo accompagnò in chiesa invitandolo ad una preghiera comune. In quel momento l'uomo di potere altro non era che un semplice peccatore e nessun segno di ossequio gli era dovuto, né avrebbe potuto pretenderlo senza cadere nel peccato di superbia.

Si inginocchiò baciandogli le ginocchia.

Fu accompagnato all'ospizio dei forestieri per trascorrere il giorno in penitenza, digiuno e meditazione. Il Priore lo avrebbe confessato e consigliato più tardi. Solo dopo sarebbe stato introdotto alle celebrazioni.

La chiesa si riempì di monaci silenti e, ad una ad una, decine di candele e lumi di sego e cera d'api vennero accesi, mentre da due turiboli usciva intenso il fumo d'incenso, nascondendo alla vista l'altare. Venne intonato il Magnificat e la chiesa si riempì di voci di fanciulli che si intuivano nell'ombra lungo le pareti.

Dopo appena un attimo di silenzio greve e carico di significato, alla fine del Magnificat, il Cantore iniziò l'antifona e gli officianti intonarono il "Deus in auditorium", mentre i fanciulli cantavano la Nona.

Iniziò la messa con tutti i riferimenti dell'Avvento, come se fosse il giorno di Natale.

I monaci si lanciavano sguardi interrogativi, ma nessuno prese l'ardire di fare il minimo segno. Al termine il Cantore iniziò il Responsorio ed i salmi ordinari, terminati i quali tutti in silenzio si alzarono e si recarono al refettorio.

Per l'occasione il penitente venne fatto accomodare a fianco del Priore nella parte opposta all'ingresso, al fondo della sala.

I frati, come di consuetudine, erano seduti uno accanto all'altro, senza nessuno di fronte, in rigoroso ordine di anzianità e professione. La tovaglia era ripiegata su se stessa ed appoggiata sulle ginocchia, fungendo anche da tovagliolo.

Le stoviglie, composte di una sola ciotola ed un cucchiaio, ai frati in terracotta, al Priore e al suo ospite in legno, come unico segno di rispetto. Ogni monaco poteva usare il proprio coltello da lavoro, che di solito portava chiuso in una custodia e appeso alla cintura di corda che cingeva il saio.

La parte della tavola rimasta scoperta dalla tovaglia lasciava disponibile il tavolaccio di quercia sul quale prendevano posto le saliere, un contenitore dove raccogliere i rifiuti, candelabri, brocche di acqua fredda e calda con cui era consuetudine mescolare il vino.

Mancava, al centro del refettorio, il tavolo che di solito contemplava la presenza dei monaci penitenti trattati a pane e acqua.

Dal pulpito, in realtà uno scranno sopraelevato, il Lettore declamava il capitolo del giorno, per nutrire lo spirito oltre che il corpo, mentre in un angolo una grossa stufa provvedeva a riscaldare i commensali.

Cenarono nel silenzio, solo interrotto dalla declamazione del *"Ecce dies venit"* e di altri passi liturgici, con brani di Isaia scelti in relazione al periodo dell'Avvento, come a giustificare la scelta di questa eccezione alla Regola Monastica, che in effetti prevedeva digiuno e contemplazione.

Nonostante la confusione, i monaci non si fecero troppe domande, conoscendo l'imprevedibilità del Priore e si apprestarono a gustare un pranzo diverso. La prima delle tre generali fece il suo ingresso accolta da un appena percettibile mormorio di soddisfazione.

Si avvicinavano ormai alla conclusione e Oberto decise che fosse giunto il momento. Estrasse quindi l'infuso per metterlo nella brocca di *Pusca* che avrebbe concluso la cena. Ne mise una dose abbondante, ma con poco liquido, affidando la gestione ad un novizio, al quale chiese espressamente di mescerla al Priore. Il giovane frate si avvicinò al tavolo con un leggero inchino, il Priore si spostò di lato per facilitargli l'accesso e lui riempì la coppa.

Oberto osservava la scena attraverso lo spiraglio della porta di cucina, quasi dimenticandosi di respirare. Il frate stava per ruotare su se stesso e allontanarsi, quando all'improvviso anche il Marchese tese il braccio col bicchiere vuoto. Tornò così sui suoi passi e riempì anche quello.

Il Priore alzò il calice in segno di saluto deferente verso il nobile ospite e bevve. Egli lo alzò a sua volta, poi lo posò senza bere, per poter terminare la pietanza, facendo scarpetta con l'ultimo pezzo di pane.

Oberto, col terrore negli occhi, contravvenendo ad ogni regola, uscì dalla cucina e con la scusa di portare un'altra forma di pane in tavola, si avvicinò al Marchese urtando e rovesciando il suo bicchiere.

Tutti si fermarono di colpo per l'inatteso evento, soprattutto dovuto al fatto che nessuno si aspettava di vedere nel refettorio un cuoco uscito dalla cucina.

Il Marchese, con un gesto di stizza si alzò, subito imitato dal Priore e di conseguenza anche da tutti i monaci.

Il Priore barcollò e si lasciò cadere sulla panca.

Con occhi spiritati, intuito l'inganno e il pericolo, lanciava occhiate di fuoco all'indirizzo di Oberto, che il Marchese interpretò come un rimprovero per il modo maldestro con cui il frate aveva rovesciato il vino.

I monaci intanto uscirono silenziosamente a piccoli passi dalla sala. Fu il Maestro dei novizi ad accorgersi che qualcosa non andava e fece segno al Refettoriere affinché chiamasse subito l'infermiere. Arrivò anche il Coadiutore, che si fece incontro al nuovo penitente per accompagnarlo alle orazioni.

«Che succede?»

«Un malore improvviso».

Rimasto solo al tavolo, con intorno l'infermiere ed il Maestro dei novizi, il Priore tentava di mettersi le dita in bocca facendo schioccare la lingua contro il palato. Le pupille erano dilatate, gli occhi sporgenti ed iniettati di sangue. Cercò di tirarsi in piedi, subito aiutato dai due frati, ma accennò appena pochi passi e dovette essere sostenuto per non cadere rovinosamente a terra.

Gli sfinteri non fecero più il loro lavoro e nel giro di poco fu chiaro a tutti che quello non fosse un semplice malore. Cominciarono il delirio e le allucinazioni e nel breve volgere di un'ora cadde in coma. Più ancora che la Belladonna, fu l'Aconito a svolgere il suo compito.

I presenti si guardarono sgomenti, interrogandosi a vicenda sul da farsi. L'infermiere fu il primo ad esternare i suoi convincimenti, anche se tutti avevano capito.

«Veleno»

Gli altri assentirono cupi. Oberto dietro la porta si sentì svuotato. Entrò nel refettorio sostenendo lo sguardo dei confratelli.

Lo accolsero consapevoli del tutto e lasciarono che i loro occhi andassero a terra, evitando di caricare il loro amato fratello di altre pene. Avendo assistito alla scena, non avevano dubbi su chi fosse il colpevole, ma non se la sentivano di giudicarlo.

Fu lui ad interrompere il silenzio.

«Fratelli, il Male ha abbandonato la casa del Signore, ora siete liberi»

«Non siamo liberi, frate Oberto, adesso l'ira dell'Abate e del Marchese ricadranno su di noi»

«No, fratello, ho fatto tutto io, me ne assumo le colpe, ve ne fornisco prova che potrete esibire - disse allungando loro una pergamena sulla quale aveva di fatto scritto la confessione che avrebbe salvato tutti- Pregate per me» e si allontanò da loro.

All'alba, la campana a morto suonava, avvisando il Borgo che qualcosa di grave era accaduto.

Due nuove sepolture avrebbero abitato il Claustro de' Morti. Oberto aveva compiuto il suo percorso bevendo quanto rimasto della pozione ed offrendo il suo dolore a Dio.

Il Marchese, avvisato di quanto era successo, lasciò anzitempo il Convento. Camminava a passi veloci nel freddo di quel dicembre, col cappuccio che copriva testa e volto. L'armigero e il suo uomo faticavano a stargli dietro. Si avvicinarono alla porta *Pisterna*[45] che avrebbe permesso di rientrar

---

[45] Porta Pisterna. Nonostante in Saluzzo esistesse una Porta così chiamata, il Muletti racconta come il nome "Pisterna" fosse utilizzato per definire una piccola porta inserita in un portone più grande che la notte doveva essere incatenato, e che il nome derivasse dal barbaro-latino "posterula" e cioè

inosservati; prima di entrare, il penitente si girò e sibilò...

«Non una parola» L'uomo di potere era tornato e non era necessario aggiunger altro.

Manfredo, seduto da solo al grande tavolo delle udienze, fremeva ancora di rabbia guardando la pianura ovattata dalla nebbia verso le colline dell'albese. Era stato coinvolto in un evento gravissimo e non poteva usare la sua autorità per prendere decisioni. Il popolo di certo avrebbe saputo della morte del Priore, ma quello che egli aborriva era che trapelasse qualcosa sulla causa.
Era un momento delicato per la politica. Finora aveva potuto contare sull'appoggio del patriziato cittadino, caratterizzato da un'oligarchia di parenti o comunque di nobili con forti interessi in comune.
Si stava però profilando all'orizzonte una borghesia sempre più organizzata ed abbiente, che tendeva ad influire sulle decisioni prese e da prendere.
Sul fronte interno, il Marchese doveva stare attento non solo ai nobili, ma ai suoi stessi parenti, che dimostravano, neppure troppo velatamente, di

---

piccola o segreta, oppure una porta ad una sola mandata in un contesto di un'altra a doppia apertura. D.Muletti Storia di Saluzzo Tomo III pag. 146.

avere mire di prevaricazione su interessi convergenti.

Tutto questo si concretizzava in una necessità sempre maggiore di denaro ed era chiaro che, per trovar credito, avrebbe dovuto rivolgersi proprio alla borghesia e alla Congregazione dei Comuni.

L'ultima cosa di cui sentiva necessità in quel momento era l'essere coinvolto in beghe religiose che avrebbero potuto portare discredito e tensioni.

Non che non fosse a tutti chiaro chi detenesse il potere, Manfredo aveva mantenute rigide le barriere di classe che separavano i Nobili dai non Nobili.

Al contempo però si era però reso conto che elargire una minima autonomia amministrativa aumentava la benevolenza del suo popolo, al quale spesso chiedeva di fornire uomini e sussidi ed in ultima analisi lo liberava da incombenze noiose e faticose.

Non voleva però mettere a repentaglio la sua credibilità.

Il popolo mormorava ancora in relazione all' episodio in cui Riccardo Gambatesa, Regio Siniscalco di Provenza, chiamato in soccorso dagli astesi, era arrivato con furia devastatrice partendo da Cuneo.

Si dedicò prima a Savigliano e Fossano, compiendo ogni genere di nefandezze, tagliando alberi ed incendiando i casolari ovunque passasse e poi arrivò a Revello ed Envie con le stesse violenze.

In quel tempo Manfredo si era ritirato in Saluzzo con Stefano Visconte e quattromila uomini. I due inviarono i loro nunzi al Gambatesa per sfidarlo nelle campagne di Saluzzo, ma egli, accettata la sfida, arrivò al campo senza trovare nemici con cui combattere e dopo aver atteso fino al tramonto senza che qualcuno si presentasse, perse la pazienza e se ne ritornò ad Asti [46]

Era il 26 luglio 1316, una data che ancora qualcuno in Villa ricordava con sorriso amaro. Quello che non sapeva il popolino era che un oroscopo fatto predisporre da Manfredo aveva sottolineato l'assoluta negatività di quella giornata ed il Visconte aveva scongiurato il Marchese di desistere da ogni confronto militare[47] Ecco perché ora non poteva permettersi un altro scandalo, che sperava non sarebbe stato opportuno neppure per il potere religioso.

Ciò che più lo irritava era il non poter intraprendere un'azione o consigliarsi con qualcuno della Corte, che avrebbe dovuto invece restare all'oscuro di tutto.

---

[46] D. Muletti Storia di Saluzzo Tomo III pag. 118

[47] D.Muletti Storia di Saluzzo tomo III Pag. 114/118

Occorreva poter determinare una condotta d'azione al Convento cercando di restarne fuori. Era infatti dubbio se intervenire spettasse al Marchese o direttamente all'Abate. Forse il Conte di Piossasco, Cavaliere di Malta, che aveva giurisdizione su San Giovanni, avrebbe in qualche modo potuto risolvere il problema.

Bisognava cercare la sua intercessione, ma avrebbe fatto in modo che la richiesta arrivasse da un'altra direzione. Doveva contattare l'Abate di Staffarda da cui dipendeva il Monastero.

Avrebbe mandato un corriere a cavallo per fissare un incontro in un luogo discreto. La Chiesa di San Massimo, antico Monastero Templare fra Revello ed Envie, sarebbe stato il luogo ideale.

Capitolo XXVI

Campagne di Revello, S. Massimo. Il Patto - 1320

La pioggia fredda, mista a neve, aveva accompagnato i cavalieri per tutto il tempo.

Il Marchese, su un anonimo cavallo che mai avrebbe avuto l'onore di avere su di sé tal cavaliere, trottava in quell'ultimo tratto a ridosso del Mombracco, costeggiando l'abitato di Revello.

I quattro armigeri che lo accompagnavano, anch'essi abbigliati con abiti di basso profilo, seguivano a breve distanza. Chiunque avesse visto il drappello, non avrebbe intuito il rango, ma avrebbe capito che sarebbe stato opportuno girare alla larga.

Nella bruma si materializzò il campanile quadrato e subito dopo la Chiesa.

Revello, Chiesa di San Massimo

Un frate li attendeva sulla porta. Gli armigeri restarono a cavallo disponendosi a semicerchio e Manfredo scese lasciando le redini sciolte, subito prese da uno dei suoi uomini.

La Chiesa era poco illuminata ed al centro l'Abate attendeva solo. Manfredo entrò e s'inchinò, mettendo la sua mano in quella del Prelato, mentre l'Abate allungava l'altra porgendogli l'anello da baciare.

«Vi ringrazio per aver accolto la mia richiesta» disse il Marchese.

«Avete anticipato il mio volere - rispose accigliato l'Abate - Dobbiamo fronteggiare insieme una situazione che può arrecare molto danno» Era chiaro che fosse a conoscenza di tutto quanto accaduto.

«Cosa proponete?» domandò il Marchese.

«Ho riflettuto molto. Purtroppo nessuna notizia era mai trapelata e non abbiamo avuto modo di intervenire»

«Sì, se ne avessi avuto sentore vi avrei avvertito io stesso, ma non è stato così - confermò Manfredo - A questo punto credo che la situazione migliore sarebbe quella di disperdere i vostri fratelli obbligandoli alla regola del silenzio e inviandone di nuovi»

«No - rispose l'Abate - penso che la situazione migliore sia far ritornare tutti all'Abbazia tenendoli sotto controllo. L'accaduto deve essere relegato all'oblio e quel luogo purificato»

«Credo possa essere la strada giusta» convenne il Marchese.

«Potreste conferire col conte di Piossasco. Egli potrebbe farvi da tramite, se lo ritenete necessario, coi frati Domenicani di Savigliano, chiedendo loro di sostituire il vostro apostolato»

L'Abate restò per qualche tempo in silenzio.

«Così sia» esclamò porgendo al Marchese un manoscritto coi Vangeli.

«Così sia» rispose Manfredo nel baciare il libro per suggellare il giuramento segreto di osservanza.

Si accomiatarono, ben lieti tutti e due di non dover proferire altre parole.

Capitolo XXVII

Saluzzo, alla ricerca dell'ombra. - 1556

Francesco ripercorreva il passato mentre osservava la Torre Civica. In piedi sul ponteggio, sferzato dal vento, fece il giro d'orizzonte verso la piana.

Erano scomparsi nel breve giro di quattro lustri gli ultimi due Marchesi e la loro madre, quella Margherita di Foix, che grande responsabilità ebbe nelle lotte fratricide che avevano determinato la fine del Marchesato. Nel frattempo peste e carestie si erano abbattute sulla Villa, contribuendo a forgiare nuovi stati d'animo.

I saluzzesi erano soliti definire il marchesato *Patria* ma quando, dopo la caduta per tradimento della roccaforte di Revello e l'avvelenamento dell'ultimo Marchese, la corona di Francia aveva preso pieno possesso delle terre del Marchesato, il loro senso di frustrazione si era accresciuto.

Nonostante l'inizio del periodo di pace, il popolo continuava a soffrire a causa delle continue richieste di denaro e di veri e propri taglieggiamenti per il casermaggio di truppe, ristorazione di castelli e mantenimento dei presidi. I saluzzesi dovettero perfino sobbarcarsi l'estinzione di un prestito reale di quarantamila franchi l'anno per sei anni, contratto per la guerra. Tutti questi avvicendamenti, tuttavia, riuscirono a consolidare la vita comunale, dovendosi abituare i cittadini a far da sé, per curare diligentemente la Pubblica Amministrazione. Pur assoggettata alla Corona, i cui re prendevano il titolo di Marchesi di Saluzzo, la Villa possedeva libertà amministrativa e la Congregazione, composta da sindaci e agenti, trattava gli interessi della *Patria* adunandosi nella gran sala del palazzo del Comune, alla base di quella Torre che Francesco e i suoi figli si apprestavano ad ultimare.

La cosa ebbe perfino l'effetto di dar vita ad un tentativo di rinascita. La comunità rivalutò le vecchie tradizioni che provvedevano ai pubblici divertimenti e si moltiplicarono le "Compagnie dei folli", che ricevettero conferma dei loro antichi privilegi.

Erano queste Associazioni rette da un "Abà" e da soci chiamati "Monaci", che organizzavano rappresentazioni ed avevano il monopolio delle feste col diritto di riscuotere denaro e risorse, mediante azioni goliardiche inventandosi tasse e riscatti su matrimoni, battesimi od eventi

Rideva ancora Francesco nel ricordare come si mormorasse che la Compagnia pose il *gaggio* addirittura alla mula del Vescovo Giuliano Tornabuoni che stava per prendere possesso della Diocesi. Pensava con nostalgia al tempo trascorso, ai bei momenti e anche a quelli brutti, gli ultimi non più tardi di quattro anni prima, quando per l'ennesima volta il Borgo fu assediato e dovette arrendersi agli imperiali di Ferrante Gonzaga.

Fu ancora saccheggio, anche se il dominio spagnolo ebbe breve durata, perché dopo pochi mesi ritornarono i francesi, bruciando vivi più di duecento soldati nel Castello di Cardè.
Riuscire a restare in salute in questo turbinio di eventi era stata una prova durissima per la sua famiglia. E del resto, nonostante tutti questi tristissimi accadimenti, se ne inserivano nel quotidiano altri che riuscivano a distogliere l'attenzione del popolo dalle sofferenze. Come la vicenda delle cause che avevano contrapposto le Monache del Convento di Dronero addirittura al Potere Papale [48]
Ne fu protagonista Filippo Archinto, una delle personalità più incisive della storia di quel periodo, che vedeva contrapposte le maggiori potenze dell'epoca. Questo grande oratore riuscì a mediare fra personalità come il re di Francia, gli Sforza e Ludovico il Moro, arrivando addirittura a esser dichiarato consigliere Imperiale da Carlo V.

---

[48] Saluzzo e i suoi Vescovi C.Savio pagg. 217 e segg.

Ma nulla poté quando, diventato Vescovo di Saluzzo per assecondare il desiderio del Papa, fallì nel compito di tener testa alle Monache del Convento di Dronero. La bolla di erezione della Diocesi prevedeva la soppressione del Monastero, ma dopo cause e ricorsi, neppure una scomunica papale ebbe ragione della loro cocciutaggine.

La vicenda aveva divertito il popolino, che si era risoluto a parteggiare per quelle Monache che avevano osato sfidare l'impossibile. Ripensandoci, il vecchio Francesco, mentre alla veneranda età di 77 anni stava ancora arrampicandosi per ponteggi e scale malferme, non trattenne un sorriso. Anche la sua famiglia, in un certo qual modo, per anni aveva sfidato tutti i poteri per tener fede ad un'antica promessa.

I suoi due figli, Vincenzo e Nicola, di 16 e di 30 anni, erano due bei ragazzoni che avevano ormai preso in mano le briglie dell'impresa di famiglia, lasciandogli le sole incombenze burocratiche. Quel giorno però c'era anche lui sulla sommità dei ponti per veder finalmente coronato il suo sogno. Nella vita aveva visto la pergamena traslocare più volte per onorare l'impegno di difenderla. Ora erano alla fine del viaggio.

Pochi giorni prima i suoi figli gli avevano fornito la soluzione.

Erano ormai arrivati all'ultima fase dei lavori e fu per puro caso che il più giovane dei due, mentre addentava un pezzo di formaggio con le gambe a penzoloni dal ponteggio nella pausa del mezzogiorno, notò come l'ombra della loro Torre andasse a coprire il Campanile di San Giovanni. Una simbiosi perfetta, quasi un abbraccio fra le due Torri più importanti della Villa. Lo fece notare ridendo al fratello.

«Nicola, hai visto? D'ora in poi in giornate come queste i Domenicani dovranno mettere legna nei camini perché gli abbiamo fatto ombra!»

Suo fratello rise. Poi di colpo si fece pensieroso.

«Aspetta un momento... guarda! L'ombra si sposta velocemente»

«Sì, è vero - rispose Vincenzo mentre si alzava in piedi – E'magnifico!»

«Non hai idea di quanto sia magnifico. Osserva! Sta per raggiungere il massimo, poi scenderà»

«E allora?»

«Abbiamo trovato il nostro nascondiglio»

Vincenzo capì a cosa si riferiva...

«Dobbiamo dirlo a nostro padre. Domani dovrà salire anche lui»

Dopo il saccheggio del 1515 da parte delle soldataglie svizzere degli Sforza e la successiva calata dei francesi, il 20 febbraio 1525 la Villa dovette far fronte anche ad uno spaventoso terremoto. E proprio saccheggi e terremoto acuirono le preoccupazioni di Francesco che sentiva il suo tempo fuggire ed era più che determinato a trovare un rifugio definitivo alla pergamena. Questa poteva essere l'occasione che aspettava da tanto tempo.

Affaticato, ma eccitato dall'idea, ora aspettava anche lui l'ora fatidica. I figli erano stati esaurienti, ma intendeva vedere coi suoi occhi.

Avevano provveduto a far scendere tutti per occuparsi degli argani che avrebbero issato i pezzi della cuspide, in modo che nessuno potesse intuire le loro intenzioni.

L'ombra arrivò puntualissima e fece il suo percorso. Francesco batté una mano sulle spalle dei figli in segno di approvazione.

«Bravi, figli miei! Siamo arrivati alla fine. Ma la fine non è dove arriva l'ombra... è qui, sulla nostra Torre. Laggiù lasceremo solo un indizio. La pergamena deve rimanere nel territorio della Villa, non in quello della Chiesa»

Lo disse con una certa animosità, intuendo che la cosa sarebbe stata determinante per assicurare al messaggio la certezza di essere ben custodito. Ormai pensava spesso al frate ed ora era più che sicuro della giusta scelta di tramandare la testimonianza. I suoi avi erano stati saggi. Adesso bisognava approfittare della situazione e montare in tutta fretta la cuspide, perché il segnale avrebbe avuto il suo apice esattamente quattro giorni dopo.

Nel corso del tempo, oltre alla loro capacità di costruttori, avevano sviluppato anche notevoli conoscenze nell'arte della gnomonica. In particolare il giovane Vincenzo aveva dimostrato fin da piccolo un interesse specifico ed ora, anche se aveva solo sedici anni, era già in grado di fare calcoli precisi legati all'arte delle ombre.

Il padre fu così sicuro di dover finire il lavoro nei tre giorni rimanenti, il calendario non perdonava. Fino ad ora avevano avuto la fortuna dalla loro, con un clima stranamente mite nell'ultimo mese, ma il solstizio d'inverno incombeva. Solo più tre giorni al *"sol invictus"*.

Bastava un imprevisto o un cambio repentino del clima, per obbligare Vincenzo a dover verificare calcoli, che senza sole sarebbero stati impossibili.

Si misero quindi all'opera.

Cominciarono di buona lena il giorno stesso, nella convinzione che avrebbero comunque avuto margine sufficiente. I pezzi in rame c'erano tutti. Otto fogli spessi che avrebbero dovuto essere assemblati e sagomati sul posto. Erano fortunati perché lavorare a quell'altezza in quella stagione poteva avere controindicazioni notevoli, non ultima quella di ritrovarsi spiaccicati una cinquantina di metri più sotto a osservare una formica passare. Ma anche il bel tempo sembrava essere dalla loro…

La struttura della cuspide era ormai terminata da giorni e le centine in legno lasciate per base e fissaggio erano state piallate sul posto. Il legno lucido di abete brillava al sole. Francesco avrebbe preferito del castagno stagionato, tagliato in luna calante, cosa che avrebbe messo la cuspide al riparo da movimenti strutturali e torsioni da cui si sarebbe infiltrata acqua. Ma la commessa era stata chiara. Venivano richiesti in modo tassativo abete o pino.

Ebbe però l'accortezza di farlo fiammare e poi non avrebbe lesinato in pece, comunque di malanimo, perché la scelta non aveva trovato la sua approvazione [49]

Gli argani funzionavano bene ed ormai erano giunti alla fine di un'impresa che era durata in tutto quasi un secolo.

Ogni volta che scendevano, padre e figli osservavano orgogliosi l'opera della loro famiglia. La Torre, nonostante le interruzioni e le riprese dei lavori, non recava segni visibili delle diverse epoche.

---

[49] Poco più di un secolo dopo il lavoro dovette essere rifatto. Boidi /Piccat/Rossi, La torre e l'antico Palazzo Comunale

Le buche pontate avrebbero potuto essere usate ancora per successivi interventi ed erano così regolari da sembrare all'esterno disegni di un pittore.

Nelle notti intorno al fuoco si raccontavano le vecchie storie di cantiere e le nuove generazioni conoscevano per filo e per segno la storia del lavoro. Dall'espediente iniziale di allestire ponteggi solo sui fronti delle aree libere dal cantiere, al momento in cui tali aree libere non furono più, in quanto occupate da baracche per l'alloggiamento dei materiali, vasche di grassello per la preparazione delle calci e macchine elevatrici, che appena fu possibile vennero poste all'interno della costruzione. Sarebbero state poggiate su solidi piani interni alla Torre e messe in sicurezza da puntelli e tiranti, in modo da poter stivare i materiali in base al fabbisogno man mano che si progrediva con la costruzione. Gli operai usavano i piani di salita per trasportare il materiale issato dove il lavoro avanzava. La corretta verticalità veniva verificata sporgendosi in fuori con in mano il filo a piombo.

Francesco ricordava ancora i racconti preoccupati, quando si accorsero di una variazione determinata da un cedimento dopo un lungo periodo di pioggia. Seppur minimo, suo padre lo aveva rilevato e monitorato a lungo, con il terrore di dover sospendere i lavori per procedere ad opere di sotto murazione che lui avrebbe dovuto garantire.

Per fortuna ad un certo punto questo movimento si stabilizzò e poterono continuare nell'opera. Erano piccole crepe che sarebbero sfuggite ai più, ma non a lui. Chiunque altro avrebbe proceduto senza remore. Antonio, che della Torre aveva fatto la sua vita, non sarebbe potuto sopravvivere ad un suo crollo.

La costruzione era partita da una sopraelevazione di una vecchia torre che era già parte dell'antico palazzo comunale, solido, ma non pensato per reggere una struttura come quella che sarebbe diventata. Il padre espresse parecchie riserve in relazione alla qualità dei mattoni, che a suo dire potevano andar bene per un edificio come il palazzo comunale, ma non per sostenere una torre.

I costruttori avevano messo in guardia i Sindaci sulla necessità di consolidare ed evitare ristrutturazioni all'interno del Palazzo, che avrebbero potuto pregiudicare la stabilità dell'intero edificio. [50]

Altro triste ricordo gli incidenti occorsi...

---

[50] Per tutto il 700 si verificarono crepe e infiltrazioni e furono molti gli interventi di consolidamento. Boidi /Piccat/Rossi, La torre e l'antico Palazzo Comunale Pagg.75 e segg.

Ricordava come fosse stato vietato il lancio di materiali per evitare ai ponteggi oscillazioni e cedimenti, come anche lo stoccaggio di pesi che dovevano essere sempre accumulati sul muro già costruito o sulle piattaforme deputate allo scopo. Le quantità dovevano essere tenute in base allo stretto fabbisogno dei muratori e i listelli antiscivolo dovevano sempre esser presenti e ben inchiodati. Purtroppo, nonostante le attenzioni, erano molti gli incidenti occorsi e piloni votivi e chiese erano pieni di ex voto di quei pochi che erano sopravvissuti a cadute da altezze vertiginose. La legge era precisa al riguardo e risaliva addirittura a mille anni prima, quando già con l'editto di Rotari si sancì come nella maggior parte dei casi i *"magistri commancini"* fossero ritenuti responsabili per gli incidenti occorsi sul lavoro. Tutto si risolveva di solito in un'ammenda da pagare alla famiglia, ma perdere un amico ed un compagno di lavoro era sempre un evento che gravava sul morale della squadra e in ultima analisi sulla qualità del lavoro. Per questo in famiglia erano sempre stati molto attenti nel cercare di evitare incidenti.

Che purtroppo c'erano stati. Come quando una colata di piombo fuso utilizzata per fissare una colonna, a causa di umidità presente nel buco, fece schizzare indietro il metallo liquido nell'occhio di un povero manovale.

In soli due giorni la cuspide era ultimata, i fogli ben assicurati, piegati e inchiavardati e ricoperte di pece le fessure. Un buon lavoro, anche se Francesco avrebbe preferito non usare chiodi, ma semplici piegature e incastri a coda di rondine, onde evitare pericolose infiltrazioni. Anche qui però la commessa era chiara e prevedeva l'inchiodatura.

Erano ora arrivati al momento tanto atteso.
Il bulbo e la banderuola in rame con lo stemma dei Saluzzo sormontato da un'aquila sarebbero stati fissati nel punto più alto della Torre. Nicola teneva tutto nelle sue forti braccia in attesa dell'ordine di metterle a dimora.
L'ombra avanzava veloce e cominciava a proiettarsi sul Campanile di San Giovanni. La base del bulbo era stata concepita in modo da avere un'escursione di una *brassa*, che avrebbe loro permesso di regolarla.
L'ombra progrediva e Nicola, in equilibrio precario ad un'altezza vertiginosa con un vento che lo sferzava, sembrava a suo agio, intento ad osservare il punto sul Campanile, mentre con l'orecchio teso attendeva l'ordine del padre che gli avrebbe permesso di fissare il pivot nel posto giusto al momento corretto…

«ORA!» gridò Francesco emozionato.

L'ombra era al posto giusto[51]. Non a caso erano definiti "*Magister operis*".

«Bene! - disse soddisfatto ai figli - Ora non resta che sistemare il mattone con l'indizio. Sarà lui a custodire il segreto. Domani andrete dal Priore e lo avviserete che abbiamo notato da qui che occorre sostituire degli scalini. E mi raccomando... molta sabbia e un po' di terra. Che si veda la differenza. Vincenzo - disse facendo l'occhiolino al ragazzo – vai a preparare la tua meridiana, e pensa a cosa scrivere»

---

[51] Nella simbologia dei numeri, il 12 indica la conclusione di un ciclo compiuto, la fine della prova iniziatica fondamentale... Questa prova permette di passare da un piano ordinario ad un piano superiore, sacro. Il Dodici possiede un significato esoterico molto marcato in quanto associato alle prove fisiche e mistiche che deve compiere l'iniziato.

Capitolo XXVIII
Saluzzo, la strana coppia – gennaio 2018

La strana coppia era piuttosto buffa su per la Salita al Castello. Tutti e due col naso per aria a seguire il drone.

«Buongiorno, Padre Gaudenzio - disse un'anziana signora che arrancava con una borsa della spesa che avrebbe terrorizzato uno sherpa - State giocando?»

«Ciao, Ada - rispose – cerchiamo un modo per fare sloggiare quei piccioni»

«Ohhhh... bravo Padre Gaudenzio, non se ne può più di tutta 'sta porcheria che ogni giorno si accumula dappertutto. Quella vecchia megera continua a ingrassarli!» disse nell'indicare col mento l'abitazione della sua vicina di casa che era più giovane di lei di almeno cinque anni.

«Ehhh, poveri piccioni, devono vivere pur loro» rispose con un sorriso il frate.

«E chi l'ha detto?» disse di rimando la donna mentre si allontanava.

«Ci siamo - esclamò Pietro che osservava il volo del drone dalla consolle - la vede?»

Padre Gaudenzio si avvicinò e nel chinare la testa si fece riparo con la mano davanti allo schermo per eliminare il riflesso di luce.

«Bene, se quello non è uno gnomone!»

«Sì – rispose di rimando Pietro – e guardi sotto! Mi sembra proprio una scritta, vediamo … XII … Marchisso… Convento. Sembrerebbe la lingua del Charneto, quello scritto da Giovanni di Castellar che descrive la vita saluzzese e la sua storia a cavallo fra il XV ed il XVI secolo».

«Perbacco, forse ci siamo. Guardi la scritta in alto... TEMPUS FUGIT. E' lei!» sussurrò Pietro, come se tutta la piazza avesse orecchie pronte a captare qualsiasi piccolo segreto.

«Ora scatto un po' di foto e poi con calma vedo di contrastarle con qualche programma per ritrovare le lettere mancanti»

Le taccole svolazzavano coi loro fischi caratteristici intorno a quell'intruso a motore che insidiava i loro nidi all'interno delle buche pontate.

Sul tavolo, nelle due stanze dell'alloggio di Padre Gaudenzio, assediato fra una scatola di biscotti, un bicchiere sporco col segno rosso del vino ed un breviario, lo schermo mostrava le foto scattate dal drone.

La scritta era visibile solo in parte, ma non c'era dubbio che fosse una specie di sciarada.

LA...II ORA DEL X...III GIORNO
SI LOMBRA DE ...MENICO ET... MANO DE LO MARCHISSO
LA LUCE PUOTE LIB......RE L ANIMA DE OBERTO ET LO...C..ETO SUO
CON ...UNO P......LO LO CONVENTO T....CA ISSO
DOVE LA PERA FA CAD......A
SI PERIGLO EXISTE LA....A IL SI..N..IO AL MURO
E PER L'ANIMA SUA PREGA

A prima vista alcune lettere si potevano immaginare con facilità. Quasi di sicuro la prima mancante era una X. La prima riga indicava un giorno ed un'ora relative alla posizione di un'ombra. Del resto l'ombra e il sole erano parti fondamentali del mistero. Quindi, se tutto iniziava dal solstizio d'inverno, era altamente probabile che il segreto fosse legato a doppio filo con lo stesso evento. Sarebbe potuto essere…

LA XII ORA DEL XXIII GIORNO

«Sì, ci può stare - disse Pietro - diamo per scontato che sia così. Siamo sempre in tempo a far modifiche»
«Vediamo la seconda…»

SI LOMBRA DE …MENICO ET… MANO DE LO MARCHISSO

«Di nuovo la parola "ombra". Menico… potrebbe essere "meno con me" nel senso di porto? Dopo ET ci dovrebbe essere LA. Quindi… se l'ombra porto con me e la mano del Marchese?» - domandò con sguardo interrogativo rivolto al frate.
«Mamma mia - rispose lui - qui diventa difficile. La mano del Marchese potrebbe indicare un'ombra? Dove potrebbe esserci una mano del Marchese?»
«Nella cripta» rispose Pietro.
«Mhhh, sì, ma forse c'è una chiave di lettura diversa…»

232

«Ha ragione, Padre. Facciamo una cosa semplice. Cerchiamo Menico su Google»

Digitò e apparve un passo dei Promessi Sposi dove un certo Menico, ragazzino di dodici anni, svelava ad Agnese i piani per il rapimento di Lucia.

«Ahhh, bene, infatti era più semplice. Menico abbreviativo di Domenico. In effetti, DOMENICO. E allora la frase diventa:

SI LOMBRA DE DOMENICO ET LA MANO DE LO MARCHISSO.

Quindi dovremmo cercare un Domenico che ha a che fare con la statua nella cripta?» si domandò il giovane maestro.

«No, serve un'altra interpretazione. Domenico potrebbe stare per Domenicani. Dal 1300 circa in poi furono i Domenicani ad occuparsi di San Giovanni»

«Vero! - disse Pietro - quindi?»

«Qui si fa riferimento ad un'altra cosa. L'ombra dei Domenicani evoca qualcosa di sinistro e la mano del Marchese credo si riferisca al potere temporale. Quindi potrebbe essere qualcosa legato al potere dell'epoca che era diviso fra Religioso e

Temporale. Ai Domenicani vengono attribuite le colpe dell'Inquisizione, anche se in realtà l'Ordine dei Predicatori fece sempre molto apostolato ed i roghi erano per lo più dovuti al braccio secolare e cioè ai tribunali laici. Andiamo avanti, forse capiremo dopo»

LA LUCE PUOTE LIB......RE L ANIMA DE OBERTO ET LO ...C..ETO SUO

«Qui mi sembra semplice. La luce può liberare l'anima di Oberto ed il suo... ?» «Segreto! - esclamò Pietro - E' evidente che c'è un segreto. Abbiamo già fatto un giro della Madonna... ehhm, scusi Padre Gaudenzio» disse nello scorgere lo sguardo riprovevole del frate in relazione a quella uscita inopportuna.
«Sì, quindi potrebbe essere…»

LA LUCE PUOTE LIBERARE L ANIMA DE OBERTO ET LO SECRETO SUO

«Bene, anche questo tassello è andato a posto. La luce indica un luogo fisico»

«Visto che si parla di luci ed ombre, direi che forse dovremmo cercare una fessura da cui traspaia la luce»

«Il giorno e l'ora probabilmente sono parte del tutto»

«Andiamo avanti!»

CON ....UNO P......LO LO CONVENTO T....CA ISSO

«Qui abbiamo un riferimento al Convento. E abbiamo un pronome, ISSO"

«Significa ESSO e può essere riferito solo a ISSO Marchisso, ISSO Convento, ISSO Oberto... Dobbiamo trovare il soggetto, se vogliamo capire a chi si riferisce. Intanto direi che T...CA ISSO potrebbe essere "Tocca", non ci vedo altre possibilità. Tucca, ticca, tirca, tesca, tempa, telca ecc. Niente che abbia un senso. Diamo per buono TOCCA. Il soggetto è di certo P...LO, perché dopo CON potrebbe al massimo esserci un nome proprio, un verbo o un avverbio o aggettivo. Se non troviamo un nome proprio che finisca per UNO, direi che il soggetto è confermato essere P...LO»

«Sì, è un buon ragionamento - disse Pietro - Aspetti Padre... voglio provare a cambiare la foto da positivo a negativo. Forse vengono fuori nuovi indizi»

«Puoi farlo?» domandò stupito il frate nel vedere come, in un mondo complicato, molte cose prima complicate fossero diventate semplici.

«Certo Padre, facilissimo. Basta usare un programma di modifica»

Fu una buona idea, perché non solo venne fuori quanto serviva, ma furono convalidate le ipotesi azzardate in precedenza.

Sia le X che SECRETO ricevettero conferma. E le nuove lettere apparse furono:

CON NIUNO PE..GLO LO CONVENTO T....CA ISSO

«Bene, il soggetto quindi è PE..GLO. Di cosa stiamo parlando?»

«Beh... se fosse spagnolo direi... Pericolo" disse Pietro ridendo.

«Hai fatto centro» rispose il frate.

«Un misto di spagnolo, latino e italiano maccheronico. Quindi la frase potrebbe essere:

CON NIUNO PERIGLO LO CONVENTO TOCCA ISSO

Direi che potremmo ipotizzare che il soggetto della frase siano l'ora/ombra/luce

LA XII ORA DEL XXIII GIORNO
SI LOMBRA DE DOMENICO ET LA MANO DE LO MARCHISSO
LA LUCE PUOTE LIBERARE L ANIMA DE OBERTO ET LO SECRETO SUO
CON NIUNO PERIGLO LO CONVENTO TOCCA ISSO

Che tradotto diventa ... se alla tal ora la LUCE può rivelare il segreto, sarà data pace all'anima di Oberto, senza che il convento sia in pericolo a causa dell'Inquisizione o del Marchese... accidenti, se fosse così, qui potremmo dire di aver trovato qualcosa di veramente importante» disse il frate.

«E' così - rispose eccitato Pietro – siamo vicini a scoprire un segreto che poteva far paura alla Chiesa ed al Marchese»

Padre Gaudenzio aggrottò la fronte. Mettere in vista un qualcosa che avesse creato imbarazzo alla Chiesa faceva a pugni con tutta la sua vita. Pur se riferito a quasi 700 anni prima. Capiva che ora più che mai avrebbe dovuto conoscere la verità.

Bisognava andare avanti…

Con l'artificio del negativo erano apparse altre lettere importanti:

DOVE LA PERA FA CADR……GA

«Che significa - esclamò Pietro - una pera?»

«Pietra - disse Padre Gaudenzio - la pietra fa CADREGA, sedia!»

«Quindi ci sarà una pietra a sgabello?»

«Non l'ho mai notata, sarebbe ingombrante oppure potrebbe essere sparita. Oppure potrebbe essere una pietra ad elle inserita nel muro»

«Sì, forse è così, molto probabile. Ormai direi che abbiamo tutti gli elementi»

«No - disse Padre Gaudenzio - dobbiamo ancora finire»

Altre lettere erano comparse:

SI PERIGLO EXISTE LASSA IL SI..N..IO AL MURO

«Che stupidi! Eravamo talmente concentrati da non esserci accorti che PERIGLO era scritto bello e chiaro qui. Quindi è confermato. PERIGLO»

L'ultimo mistero erano le poche lettere che non ne volevano sapere di venir fuori.

Erano stanchi. Ormai da più di quattro ore se ne stavano a guardare quelle scritte che faticavano ad uscire dal muro per raccontare loro una storia. Peccato che quelle ultime facessero tanta resistenza.

«Ragioniamo... - disse Pietro - Cosa bisogna lasciare al muro se il pericolo continua ad esistere?»

«Non so cosa bisogna lasciargli, ma il senso è chiaro. Dice... lascia il segreto dentro al muro. Non divulgarlo»

«Ma certo... - esclamò Pietro - ...il SILENZIO!»

Avevano svelato l'arcano:

LA XII ORA DEL XXIII GIORNO

SI LOMBRA DE DOMENICO ET LA MANO
DE LO MARCHISSO
LA LUCE PUOTE LIBERARE L ANIMA DE
OBERTO ET LO SECRETO SUO
CON NIUNO PERIGLO LO CONVENTO
TOCCA ISSO
DOVE LA PERA FA CADREGA
SI PERIGLO EXISTE LASSA IL SILENZIO AL
MURO
E PER L'ANIMA SUA PREGA

«Per fortuna che ora sono spariti tutti. Pericoli non ne vedo più» rise il maestro.

«Ne sei sicuro?» fece eco Padre Gaudenzio con uno sguardo grave che smorzò il suo entusiasmo.

«Cosa intende, Padre?» domandò allarmato.

«Vedi, alla fin fine le cose non son poi cambiate tanto. Anche oggi la Chiesa è assediata. Voi giovani non conoscete la Storia. Le accuse di oggi non sono dissimili da quelle che fecero i Catari e che rifece Valdo. Anche allora il popolo fu manovrato accusando la Chiesa per distogliere la sua attenzione dai problemi creati dalla politica. Perfino oggi che abbiamo un Papa attento, ogni occasione è buona per critiche e lamenti. Se ci fosse un segreto in grado di dare un appiglio a chi vuole minare la credibilità della Chiesa, cosa sarebbe di tutti quegli uomini e donne che hanno affidato ad essa il loro comportamento di vita, le loro speranze, il loro dolore?»

«Ullallà, Padre Gaudenzio, non mi dica che tutte le vecchie storie vengono a galla di nuovo» Pietro udiva le sue parole venir fuori senza che lui le avesse evocate, stretto fra la voglia di mettere in discussione le Religioni tutte e il rispetto per quel vecchio frate che stava difendendo coi denti il suo ultimo baluardo nella veste di un antico Monastero.

Non sarebbe stato giusto doverlo obbligare a difendere anche la sua Fede.

«La Fede, Padre Gaudenzio... è la Fede che difende i dubbi degli uomini. Il resto potrebbero solo essere semplici pagine di vita, nascoste nelle pieghe della Storia, non le pare?»

Padre Gaudenzio lo guardò e gli sorrise. Gli dispiaceva aver inizialmente maltrattato quel ragazzo ed era soddisfatto di non aver calcato la mano quando se ne era presentata l'opportunità.

«Sì, certo, hai ragione. Forza, abbiamo un compito da finire - disse con grande sollievo del giovane

241

maestro - Dobbiamo salire sulla Torre e verificare questa storia della pietra a "cadrega".

Dovettero attendere la domenica, una domenica di febbraio, una delle prime aperture annuali dopo la chiusura fra l'8 ed il 31 gennaio. Quella domenica nevicava, una di quelle nevicate svogliate, sempre pronte a trasformarsi in pioggia per poi ridiventare neve. Il cielo era plumbeo e la temperatura accettabile.

Andarono alla biglietteria dove ad attenderli c'era una vecchia conoscenza.

Vittorio era il risultato di quella che la scienza definisce con linguaggio sterile "trisomia del cromosoma 21", meglio conosciuta come "sindrome di down". Una di quelle sorprese inattese che cade come un maglio sulle famiglie e le mette di fronte a scelte che cambiano decisamente la vita. Ma in questa anomalia si cela anche un percorso di amore che rende speciale il rapporto che si viene ad instaurare.

In città Vittorio era amato da tutti ...

Uno di quei miracoli dei piccoli centri dove l'integrazione è non solo teorica, ma la si può toccare nel quotidiano. Saluzzo era anche questo.

Pietro salutò l'amico col quale si intratteneva spesso a scherzare. Vittorio era dotato di un ottimo senso dell'umorismo e con lui erano sempre risate schiette.

«Ciao Vittorio, cosa ci fai qui?»

«Lavoro!» rispose lui di fronte ad una domanda tanto stupida.

«Oh certo, lo vedo, ma non sapevo che lavorassi anche qui»

«Solo la domenica»

«Bene. Allora ci fai lo sconto?» disse scherzando.

«NO! Perché lo sconto?»

«Ehh, dai, perché siamo amici» continuò Pietro per provocare una sua reazione.

«No, lo sconto solo se sei studente e tu sei maestro - disse con una bella risata, che come tutti i ragazzi down tendeva ad attenersi con rigore alle regole - oppure se hai la tessera»

«Ah ok... io ho la tessera dello Sci Club Monviso... vale?»

«Mmmhhh non so - rispose Vittorio e riprese a ridere - Fa 3 euro!»

«Come 3 euro? Quindi niente sconto?»

«No, 3 euro»

«Va beh, eccoli qui, bell'amico che sei! Pago anche per Padre Gaudenzio» gli mise in mano un biglietto da cinque e una moneta da un euro.

«Aspetta, devo darti il resto» fece Vittorio mentre, con le mani che faticavano a cercare, tirò fuori da una piccola scatola di cartone 50 centesimi che restituì con l'euro.

«Come? A Padre Gaudenzio fai lo sconto e a me no?»

«Lui è vecchio» disse serio Vittorio, mentre staccava tutto soddisfatto i biglietti, ognuno con colore diverso da due differenti blocchetti. Li sporse con gesto teatrale a conferma dell'importanza del lavoro svolto.

«Grazie, dobbiamo tenerli? Potrebbero esserci dei controlli?» chiese Pietro sarcastico.

«No, tanto avete già pagato e dovete uscire per forza di qui» - rispose serio Vittorio, a cui la logica non faceva difetto. Uscirono dalla piccola bussola che fungeva da biglietteria e dettero uno sguardo in alto per quantificare la fatica che li attendeva.

Vista la giornata, erano soli e potevano prendersi tutto il tempo necessario facendo tappe per osservare i particolari della Torre.

Man mano che salivano, potevano osservare le vestigia del passato e leggere sui muri tutte le fatiche e le paure che ancora oggi venivano raccontate ad un lettore attento. Perfino un angolo annerito dal fumo ricordava che nell'ultima guerra mondiale qualcuno lì si scaldava bruciando legna, in attesa di vedere arrivare gli aerei nemici.

La torre era stata utilizzata spesso per gli avvistamenti e la prima parte fu costruita nel 1462 da Ludovico I. Proprio in San Giovanni era raffigurata in antichi dipinti in cui si potevano ancora osservarne i merli. Poi si decise la sopraelevazione e nel 1556 furono aggiunti i due piani con la cuspide. Era un tutt'uno col Palazzo Comunale, simbolo della comunità cittadina, che ambiva affrancarsi sia dal potere marchionale che da quello ecclesiastico. Le ristrutturazioni continue, volte a soddisfare molteplici esigenze, ora di carattere tecnico ora di carattere militare, ne avevano indebolito la struttura. La sua sopraelevazione aveva aggiunto pregiudizio alle strutture iniziali e nel 1859 corse un serio pericolo di collassare, in quanto i mattoni della parte nord-ovest, a causa del peso, cominciarono a sgretolarsi ed implodere. Solo grazie all'avvedutezza ed al decisionismo del Sindaco di allora, si affrontò il pericolo con la costruzione di un contrafforte ed una sotto murazione, che oltre ad essere un'opera efficace, si dimostrò anche una prova di grande coraggio per le maestranze, che lavorarono sotto l'incombente pericolo di un crollo improvviso. Il lavoro venne portato a termine nel giro di poco più di un anno.

Padre Gaudenzio faceva pause ogni decina di scalini, ufficialmente per osservare, in realtà per prendere fiato. La sua maledetta asma era messa a dura prova. Il freddo e la fatica di certo non erano dei corroboranti.

Lo spettacolo comunque andava centellinato. Pietro era sempre stato affascinato dai muri e non era raro che anche in montagna si fermasse ad osservare la disposizione delle pietre. C'è una nascosta poesia in un muro. Si possono intuire le pause, i cambi di mano, addirittura le stagioni. Guardava i corsi dei mattoni scorrere e immaginava l'uomo, in bilico, sferzato dal vento o cotto dal sole, maneggiare antiche cazzuole con la forma arrotondata a foglia, attingere a vecchi contenitori di calce ottenuta con procedimenti ormai completamente dimenticati.

La poesia recitava le strofe ed ogni piano raccontava la sua storia.

Gli ultimi 20 metri erano quelli in cui si respirava un'aria mistica. Per la verità si respirava a fatica, perché l'ascensione metteva a dura prova dei fisici non allenati. Ed i loro non lo erano.
Pietro si girò a guardare Padre Gaudenzio.
«Con calma, Padre, non c'è fretta. Ci siamo solo noi»
Lui lo guardò e provò ad accennare un sorriso di circostanza che si trasformò in una smorfia. Si intuiva la sofferenza e la durezza della prova. Il giovane maestro si domandò se non fosse stato un errore farlo salire per la ricerca. Del resto a quel punto della situazione era certo che Padre Gaudenzio non avrebbe rinunciato.
Arrivarono infine al piano di loro interesse. Lo spettacolo era mozzafiato e il nevischio aggiungeva un'aura di mistero alla città. Il povero frate si sedette per togliersi la sciarpa, come se il farlo gli procurasse più accesso d'aria ai bronchi

sofferenti. Respirava a fatica con respiri brevi. Si sedettero in un angolo più riparato in attesa che la situazione si normalizzasse. Si guardarono intorno e notarono una piccola feritoia a sinistra della porta che permetteva di uscire nel colonnato esterno.

Non aveva una logica, né militare né tecnica, tipo evacuazione di acqua piovana od altro. Occupava peraltro una posizione anomala, un po' di traverso, quasi come se un muratore distratto si fosse dimenticato di tamponare il muro. Quasi attaccata c'era una nicchia vuota, forse un vecchio portacandele. Non era difficile immaginare un raggio di sole infilarsi in un determinato momento per lasciare il suo segno. Perché di questo doveva trattarsi. Visto la grande capacità dimostrata nel destreggiarsi con luci ed ombre, i costruttori dovevano anche in quest'occasione aver utilizzato la loro arte.

L'ambiente non era grande e Pietro immaginò la proiezione dell'ombra sul Campanile di San Giovanni, che arrivava puntuale al solstizio invernale. Non sarebbe stato difficile replicare la sorgente e quindi applicare all'incirca uno stesso raggio di luce sulla parete davanti a loro.

Tirò fuori dalla tasca una piccola, ma potente torcia e simulò il probabile effetto dell'equinozio, posizionandola centrale alla feritoia per replicare l'ombra proiettata sul Campanile del Convento.

Il raggio colpì l'enorme scatolato in truciolato che conteneva i meccanismi del vecchio orologio.

«Padre - disse Pietro - di sicuro questo *ambaradan* di legno non c'era nel XV secolo. In più l'orologio è stato rifatto più volte. Se il raggio di luce doveva illuminare qualche parte dell'orologio, non potremo vederlo»

«No - disse ansimando il frate - ricordati della pietra a cadrega. Andiamo dalla parte opposta»

Fecero il giro della costruzione in legno e si materializzò una catenella in plastica bianca e rossa che impediva loro l'accesso alla parete che avrebbe dovuto ricevere il raggio di luce. In più, proprio in corrispondenza dei primi scalini che avrebbero portato alla campana, c'era del materiale abbandonato che precludeva la vista del muro.

Muro peraltro tutto in mattoni... di pietre neanche l'ombra.

Passarono la catenella e Pietro prese a togliere gli ingombri abbandonati, vecchie assi ed una pietra bislunga, probabile residuo di uno degli antichi contrappesi dell'orologio. Era appoggiata in verticale con un probabile peso di almeno una quarantina di chili. Faticò molto a spostarla, ma la sua fatica fu premiata.

In bella mostra una pietra del tutto anomala a forma di L coricata riusciva a intercettare perfettamente le due pareti formando l'angolo.
Avevano trovato la "cadrega".
La pietra infatti, se immaginata posata in senso verticale, avrebbe avuto perfettamente la forma di una piccola sedia. Si guardarono emozionati mentre la struttura in legno compensato, messa a difesa dell'antico orologio, li osservava in silenzio, come vergognandosi per tutte quelle scritte di *UniPosca* che la imbrattavano. Quanti personaggi famosi e meno famosi, importanti ed umili erano stati a poca distanza dal segreto senza averne consapevolezza...
Pietro utilizzò la torcia per battere il muro. La pietra non accennò la minima reazione, ma quella vicina, peraltro con una forma squadrata a parallelepipedo, rispose subito alla sollecitazione. Bastava osservarla per capire che era stata messa lì a mo' di tappo. Certo, ad un'occhiata veloce

sarebbe sembrata una pietra come le altre, ma per loro era evidente che fosse una chiusura.

Pietro tirò fuori il coltellino svizzero e cominciò a grattare. Anche qui, come per il mattone, la calce usata era stata arricchita di sabbia in modo da costituire chiusura, ma solo estetica. Riconobbe, non senza emozione, la stessa mano e la stessa calce usata per sigillare il mattone sul campanile del Convento.

La fortuna li aveva accompagnati.

Nessuno era salito sulla Torre, vista la giornataccia. In poco tempo i contorni della pietra furono liberati ed essa cominciò a muovere. Era comunque molto pesante ed un *Victorinox*, per quanto utile, non poteva certo ambire ad essere strumento edile. Ormai però l'eccitazione e la determinazione, dovute alla consapevolezza di essere così vicini alla fine della loro avventura, avevano preso il sopravvento. Con quel coltello avrebbero fatto a sezioni una diga, se necessario. Con pazienza riuscirono ad infilare la lama, inserendola in basso e facendo leva per fare scivolare la pietra.

Di pochissimo, ma si muoveva.

Padre Gaudenzio trovò poi un vecchio chiodo sporgente da una trave. Il coltellino svizzero fece il resto, ben lieto di poter dimostrare la sua ecletticità. In un attimo il chiodo venne via ed ebbero un nuovo strumento a disposizione. Riposizionarono il coltello in basso e col chiodo, rifacendo leva, riuscirono a muovere la pietra in modo sufficiente da poterla afferrare con le dita.

Non c'erano più dubbi che fosse un semplice, perfetto, tappo.

Con religiosa accuratezza la presero insieme, ognuno con due mani e la sfilarono. All'interno una piccola *ula* di terracotta, stretta e alta, con due pomelli a forma di fungo ai lati, li osservava.

Si guardarono impacciati, ognuno delegando all'altro l'onore di estrarla.

«Credo tocchi a lei, Padre Gaudenzio, senza di lei non ce l'avrei fatta» disse Pietro.

«Insieme - rispose il frate, che nel frattempo si era un po' ristabilito - prendiamo un pomello per uno»

La posarono sul pavimento. La parte superiore aveva un coperchio, anche lui con un pomello. Provarono ad aprirla, ma parve subito chiaro che fosse sigillata. Decisero che avrebbero fatto tutto con calma.

«Rimettiamo a posto la pietra» disse il frate.

«Certo - rispose Pietro, prendendola di peso e sistemandola nell'apertura - Al massimo tornerò con un po' di calce per ripristinare le fughe»

«Meglio di no, si noterebbe. Prendiamo la sabbia e impastiamola con la saliva, dovrebbe funzionare»

Il maestro volse uno sguardo divertito al frate che era entrato perfettamente nella parte. Era passata meno di un'ora e sarebbe stato opportuno iniziare la discesa.

Salutarono un Vittorio dormicchiante nel suo giaccone beige, con una sciarpa a quadri attorno al collo, che inneggiava ad un passato Burberry poco probabile.

In meno di dieci minuti furono a casa di Padre Gaudenzio. Emozionatissimi, posarono la pignatta sul tavolo. Provarono a far leva col *Victorinox,* ma era evidente che prima avrebbero dovuto provvedere a rimuovere il materiale che fungeva da collante.

«Interessante, chissà di cosa si trattava!» disse Pietro

«Forse qualche grasso animale - rispose il frate - che fra l'altro ha funzionato benissimo, considerando i quattrocentocinquant'anni passati»

Già... pensare che l'ultima volta che qualcuno aveva buttato un'occhiata lì dentro era... quasi cinque secoli prima, metteva vertigine.

«Potremmo provare a buttarci su un po' di acqua bollente» disse Padre Gaudenzio.

«Buona idea» rispose Pietro.

Il frate prese un pentolino e lo mise sul gas. Pochi minuti dopo l'acqua bolliva e con un cucchiaino prelevò alcune gocce che inserì nella fessura del coperchio.

Nel passare il coltellino sembrò che qualcosa si sciogliesse. Ripeterono l'operazione e poi ancora e ancora, fino a quando il coperchio parve cedere. Con molta calma lo fecero ruotare e ad un certo punto, con un rumore sordo si sbloccò. Ne uscì un odore misto di muffa e stantio. Lo sollevarono con molta attenzione e poterono finalmente guardare all'interno.

Una vecchia pergamena, arrotolata e legata con i rimasugli di un qualcosa che aveva assolto la sua funzione faceva capolino dal fondo della terracotta.

Frate Gaudenzio la prese con circospezione e la mise sul tavolo. Di colpo tutti e due cominciarono a tossire, come se avessero respirato un qualcosa di irritante. Non era raro che delle muffe si accasassero nella carta anche solo di cento anni prima. Qui avevano avuto più tempo e l'improvvisa ossigenazione probabilmente le aveva attivate e messe in circolo nell'ambiente. Si alzarono tossendo come forsennati e Padre Gaudenzio divenne addirittura paonazzo. Si allontanarono dal tavolo.

«Credo siano muffe - disse il frate con la voce rotta da un rantolo stridulo - bisogna inserirla in un foglio di plastica, sigillarlo e metterlo in freezer per una notte almeno»

Aveva già avuto a che fare col fenomeno in relazione ad antiche lettere trovate in un vecchio registro. Un suo conoscente, appassionato topo di biblioteca, gli aveva suggerito il rimedio.

«Aspetti Padre, apriamola un attimo e se lei la tiene ferma io faccio una foto»

«Va bene - disse raschiandosi la gola - ma fai presto»

La srotolarono piano e Pietro cominciò a fotografarla. Nella parte anteriore, c'erano delle righe con dei conti, a margine invece dei numeri, forse riferiti ad unità di misura. Ma sui bordi, con una calligrafia minuta, che cercava di sfruttare tutto lo spazio possibile, appariva uno scritto. La voltarono e nella parte finale, in quello che era stato uno spazio bianco, il prosieguo dello scritto poteva scorrere in modo più ordinato.

Fotografò tutto continuando a tossire, mentre Padre Gaudenzio, con la testa girata all'esterno, cercava di prolungare la sua apnea interrotta da colpi di tosse. Finalmente la riarrotolarono e la misero in un sacchetto da freezer per la conservazione degli alimenti che il frate aveva tirato fuori da un cassetto.

Non riusciva a smettere di tossire. Pietro lo guardò preoccupato. Sembrava in preda ad una forte crisi d'asma.

«Come si sente, Padre?» Il frate agitò la mano come a dire... "adesso passa".

Pietro aveva ancora anche lui un maledetto senso di oppressione e la trachea in fiamme, ma se non altro gli accessi di tosse erano quasi terminati. Al contrario, il povero frate era crollato sul divanetto e faceva fatica a respirare. La salita della Torre di sicuro aveva stimolato i suoi bronchi, che col freddo erano stati sottoposti a uno stress fuori del normale. Le spore avevano avuto facile terreno di aggressione con quegli alveoli già debilitati. Pietro cercò in un mobiletto un bicchiere e lo riempì a metà d'acqua, porgendolo al frate, ma non appena se lo portò alle labbra, un altro accesso di tosse fece in modo che l'acqua gli si rovesciasse tutta addosso. Pietro era preoccupato.

«Fammi vedere le foto» disse col viso rosso. Lui inquadrò il tutto, lo ingrandì e lo passò al frate, che cominciò a scrivere veloce su un taccuino, interrotto solo dalla tosse.

Anno Domini MCCCXIX, ad diem XVIII mensis decembris, egomet Umbertus de Rivifrigidis, Johannis de Rivifrigidis filius, ex ordine cistercensi frater, hoc confiteor atque iuro coram Deo, ad auctoritatem cuius me confero firma cum fide atque poenitentia, hodie, in rebus praeteritis et in omnibus quae hoc meum testimonium perficient. In peccatis vitam egi, malam viam percurrens, cuius fidem non video. Contra Piorem meum seditionem movere nequeo. Attamen, poenam doloremque non amplius tolerans, ante Patrem qui est in coelis, ante Mariam Matrem Dei, ante Sanctos omnes viam aliam non invenio nisi eam quae finem facit operae diaboli, qui in hoc monasterio formam atque pedem suum posuit. Ideoque eius vitam a terra removeo, ut reliqui fratres a peccato et infamia liberentur. A Deo atque hominibus humiliter veniam impetro.

Il vecchio frate smise di colpo di tossire. Lo sguardo si fece triste.

«Cosa c'è scritto, Padre? Il mio latino è un po' arrugginito»

«Non possiamo renderla pubblica, non sarebbe giusto nei confronti di quel monachesimo che tanto ha fatto per lo sviluppo religioso e civile dei popoli europei per oltre un millennio»

«Si spieghi meglio, Padre Gaudenzio, cosa significa?» lo guardò allarmato.

«Ecco perché nel 1320 il Marchese esautorò i Cistercensi. Nel Convento era successo qualcosa di indicibile, che andava seppellito e che nessuno avrebbe dovuto conoscere. Sembrerebbe che questa sia la confessione di un omicidio»

«Traduca per favore...»

«In quest'anno del Signore 1319, al giorno 18 di dicembre, io frate Uberto, figlio di Giovanni di Rifreddo faccio confessione al cospetto di Dio... al quale mi rimetto in piena ed assoluta penitenza, di quanto occorso e di quanto accadrà a completamento di questa mia testimonianza. Vissuto nel peccato e a completamento di un percorso di cui non vedo fine, non potendo ribellarmi al mio Priore, ma non sopportando più pena e dolore, davanti al Padre mio, alla Madonna, ai Santi tutti, non trovo altra via che quella di porre fine all'opera del Diavolo che in questo convento ha preso forma e piede, facendo terminare la sua vita terrena per liberare gli altri fratelli dal peccato e dall'ignominia. Chiedo perdono a Dio ed agli uomini»

«Ma ormai è Storia, Padre, cosa vuole che importi?»

«No, Pietro, sarebbe un modo per dare voce a coloro che anche oggi non aspettano altro che occasioni per infangare la Chiesa. Abbiamo già troppe voci contro di noi, in fin dei conti siamo l'unica speranza per i diseredati ed i poveri della terra. Non possiamo rischiare di dare altra benzina al motore di coloro che vogliono uccidere la speranza. Io non me la sento...»

«Sì, capisco, Padre, ma davvero, non credo che possa far differenza, tanto più che parliamo di 700 anni fa»

«No, invece, non capisci. Questa è una storia che prenderebbe le prime pagine dei giornali e dei media, verrebbe usata con perizia in interviste televisive e talk show per screditare la Chiesa. Farebbero dei parallelismi e molta gente non capirebbe. Credimi. Occorre onorare la scritta. Ricordati...

CON NIUNO PERIGLO LO CONVENTO TOCCA ISSO

e io il pericolo per il mio Convento ... lo vedo»

Non riuscì a dire altro, perché un devastante attacco di tosse ricominciò a farlo sussultare come una marionetta. Non sembrava smettere più e il colore del viso si fece paonazzo, il respiro sibilante, affannato e rapido e il colorito da pallido cianotico.

Pietro, spaventato, si decise a chiamare il 118.

Arrivò in pochissimo tempo una equipe molto efficiente, che entrò con attrezzatura, professionalità e cortesia, doti che tutte le volte lo stupivano. Aveva purtroppo dovuto averci a che fare spesso negli ultimi periodi, prima col nonno e poi con la nonna. Tutte le volte aveva trovato una efficienza notevole, che faceva a pugni con quanto si leggeva a volte su episodi di malasanità. Che Saluzzo fosse un'anomalia del sistema?

Si era tirato da parte, per consentire all'equipe di lavorare al meglio. Lo avevano subissato di domande, alle quali non sapeva rispondere.

«Età, nome completo, prende farmaci? Allergie?»

La domanda che però lo mise più in difficoltà fu:

«Cosa è successo?»

Non voleva raccontare della pergamena, ma era combattuto dal desiderio di far accordare all'anziano prelato la migliore assistenza ed allo stesso tempo preservare il loro segreto.

Gli venne un'idea…

«Siamo scesi nei sotterranei per cercare vecchi manoscritti che Padre Gaudenzio aveva promesso di farmi consultare per una mia ricerca. Spostando uno scaffale, siamo stati assaliti da un forte odore di muffa e poi tutti e due abbiamo cominciato a tossire. C'era della polvere...»

«Sì, di certo qualche muffa - disse il medico - Potrebbe essere "Aspergillus Fumigatus" o peggio "Alternaria". Adesso lo abbiamo messo in ventilazione meccanica forzata e sembra essersi calmato. Per sicurezza lo portiamo in Pronto Soccorso e là decideranno cosa fare»

«D'accordo - disse Pietro - è una cosa che può rientrare a breve oppure può essere lunga?»

«Beh, queste forme sono subdole, di solito rientrano, ma a seconda dei soggetti possono avere risposte differenti. E il signore non è più un giovanotto» disse il medico.

Padre Gaudenzio li osservava attraverso la maschera che gli occupava tutto il naso e la bocca. Non aveva una bella cera e sembrava assopito.

«Bene, posso assisterlo io? Non saprei proprio chi avvisare"

«Certo, per ora venga pure con noi, poi dall'Ospedale provvederanno a contattare chi di dovere»

Pietro chiamò la moglie spiegando la situazione.

Uscirono, caricarono l'infermo sull'ambulanza e partirono alla volta del Pronto Soccorso.

Lui uscì per ultimo e appena chiusa la porta si rese conto di non aver le chiavi che con tutta probabilità erano rimaste all'interno. Non ci sarebbe stato modo di rientrare se non forzando la porta.

Guardò in cielo per chiedersi se davvero ci fosse in quella maledetta pergamena un qualcosa che non dovesse essere visto.

Nel letto d'ospedale del reparto di rianimazione, intubato, il vecchio prelato sembrava non reagire. Pietro lo aveva vegliato per quasi venti ore, guardando attraverso un vetro e stava per crollare. Un the ed un biscotto insapore comprati al distributore automatico gli unici alimenti assunti. Le infermiere si intervallavano con molta gentilezza ed attenzione. Un nuovo turno era cominciato e fuori la notte era arrivata.

«Senta - disse la caposala - credo sarebbe meglio se lei andasse a casa a riposare. Padre Gaudenzio è sotto stretto controllo, se vuole può lasciare un numero di telefono e se ci fossero novità potremo avvisarla»

Guardò l'infermiera e capì che aveva ragione.

«Grazie - rispose - farò come dice lei, meglio che mi riposi, tornerò domani»

Tornò a casa e salutò appena la moglie che lo stava aspettando in attesa di notizie.

«Come va?» domandò.

«Nessuna novità, è sedato, speriamo che domani stia meglio. Appena uscirò da scuola andrò a trovarlo, adesso non vedo che il letto»

«Ti ho preparato qualcosa, se vuoi mangiare…»

«No, grazie, vado a letto filato»

Si addormentò subito, ma in poco tempo voci, luci, suoni comparvero dal nulla. Un misto di urla di battaglia, il viso sofferente di Padre Gaudenzio che lo implorava di nascondere il segreto, il pianto di una voce in latino che chiedeva aiuto. Si svegliò di soprassalto... Doveva prendere la pergamena e riportarla nel suo vecchio nascondiglio.

Ma come poteva entrare nell'appartamento di Padre Gaudenzio? Il fantasma di tutto il suo lavoro da James Bond gli si ripresentò. Non voleva davvero rifare il percorso dell'altra volta. Del resto era escluso chiamare Pompieri o Carabinieri per farsi aprire. E poi con che scusa?

«Ho dimenticato una cosa in frigo!» decisamente ridicolo... Arrivare e dare un calcio alla porta cominciava a diventare un'opzione. Va beh... ci avrebbe pensato. Intanto entro poche ore avrebbe dovuto presentarsi ai suoi ragazzi e non voleva correre il rischio di addormentarsi in cattedra.

Capitolo XXIX

Saluzzo, Scuola primaria. - 2018

«Buongiorno, ragazzi... oggi parleremo di fiabe...»

«Sììììììììì...»

«Secondo voi, perché le fiabe iniziano con "c'era una volta"?»

«Perché è successo un po' di tempo fa» disse uno.

«Perché se è una cosa che è successa prima, allora dicono: c'era una volta, tanto tempo fa»

«Bene - osservò il maestro - quindi a cosa è legata la frase "tanto tempo fa"?»

«A quello là - disse un altro indicando l'orologio - Al tempo!»

«Il tempo è una cosa che fa girare il mondo» aggiunse una bimbetta.

«Ma in che senso, Gabriella, il tempo fa girare il mondo? - domandò ancora il maestro - Fate finta che io non sappia che cos'è il tempo e provate a spiegarmelo»

«Il tempo è tipo quando mangiamo, quando leggiamo... Tipo quando leggi, stai tanto a leggere e passa il tempo»

«Il tempo passa veloce»

«Più o meno, un giorno dura 24 ore!»

«Ehi... Alberto dice che il tempo passa veloce. Ma passa veloce sempre?»

«No, a volte passa pianissimo»

«A volte ritorna»

«Cosa vuoi dire Maria?»

«Che a volte il tempo passa e noi facciamo sempre le stesse cose»

Quella frase lo mise in allarme. In effetti gli uomini continuavano a fare gli stessi errori e mai come adesso c'era la necessità di fornire loro delle speranze.

Si, aveva ragione Padre Gaudenzio: non era ancora giunto il momento di rendere pubblico il segreto.

Ora ne era convinto…

«Maestro, maestro, ti senti bene?» la vocina lo distolse dai suoi pensieri e lo riportò alla realtà.

«Certo cara, andiamo avanti...»

Capitolo XXX
Ospedale di Cuneo - 2018

Entrò nella camera e accompagnò piano la porta per scaramanzia. Al di là del vetro, Padre Gaudenzio era sempre intubato, ma adesso vicino c'era un'infermiera con uno sguardo scuro. Appoggiata al vetro, una donnina con un fazzoletto stretto in pugno e il viso rigato dalle lacrime.

«Buongiorno» disse Pietro.

«Buongiorno - rispose la donna con un singhiozzo Lei è quello che ha chiamato il 118?»

«Sì, signora...e lei è?»

«Sono Anna, una terziaria»

«Ehhhmmm... mi scusi... terziaria?»

«Sono una laica, dò una mano a Padre Gaudenzio per le pulizie. Stamattina sono entrata e non l'ho trovato. Allora sono uscita per cercarlo in Chiesa e la signora Ada mi ha detto di aver visto arrivare ieri l'ambulanza. Sono corsa subito qui e ho saputo»

«Sì, purtroppo stavamo facendo una ricerca e quando abbiamo spostato delle cose nel corridoio è venuta fuori quella polvere maledetta» disse attenendosi alla prima versione.

«Sì, è già successo altre volte - confermò la donnina - ma mai in una forma così violenta. Del resto lui soffre di asma e col freddo a volte peggiora»

«Mi scusi ... - la interruppe - ha detto che era entrata? Entrata in casa di Padre Gaudenzio? Quindi ha le chiavi?» esclamò Pietro trattenendo l'entusiasmo.

«Certo che ho le chiavi. Così, quando ho tempo, vado a fare le pulizie senza doverlo aspettare»

Soffocò a stento l'istinto di abbracciarla.

«Oh, per fortuna, perché ieri nella confusione mi son tirato dietro la porta e le chiavi di Padre Gaudenzio sono rimaste dentro. Ero preoccupato perché ho lasciato la mia sacca - mentì - e non sapevo come fare per recuperarla»

«Prenda le mie, se vuole - rispose la donna - tanto io adesso resto qui»

«Grazie, ne approfitto, poi quando ritornerò le darò il cambio»

«Ecco, tenga» disse la donna allungandogli un mazzo di chiavi.

«Grazie, torno presto»

L'infermiera uscì e rivolgendosi a Pietro disse:

«Se vuole può entrare per pochi minuti»

«Grazie» rispose.

Si avvicinò al letto di Padre Gaudenzio. Lui aprì gli occhi e lo fissò. Non ci furono parole, ma ebbe la sensazione netta di poter comunicare col vecchio frate. Si fissarono e colse il senso di quello che gli occhi dicevano.

Lo guardò e annuì.

Gli occhi del frate si fecero dolci e girarono piano a fissare un punto indefinito del soffitto. A Pietro sembrò di capire che sorridevano.

Gli prese la mano e gliela strinse sorridendogli a sua volta.

La mano rispose alla stretta.

«Vado a prendere una cosa nel freezer prima che vada a male – sussurrò all'orecchio dell'uomo - Devo riportarla al suo posto, ci vediamo dopo»

La mano si strinse di nuovo. Due volte.

Capitolo XXXI

Saluzzo, casa di Padre Gaudenzio – 2018

Entrò nella piccola stanza, accese la luce ed aprì il freezer. La busta era lì, la pergamena aveva perso parte del suo colore giallo ed al fondo una piccola striscia di polvere diceva che lo stratagemma aveva funzionato. La sfilò con attenzione e con delicatezza la inserì all'interno della pignatta. Richiuse, se la mise sotto un braccio ed uscì.

Arrivato nel garage di casa, la pose sul bancone da lavoro e con un filo di silicone sigillò un'altra volta il segreto. Ora non restava che aspettare un giorno di pioggia per salire sulla Torre in solitaria e rimettere al suo posto la pergamena.

Arrivò all'Ospedale a tarda sera, entrò nell'atrio e si frugò in tasca in cerca di monete per prendersi uno *snack* nel distributore automatico. Aprì la porta col ginocchio, il giaccone sotto braccio e una bottiglia di acqua Eva schiacciata nel gomito, intanto che azzannava un panino che sapeva di plastica.

Un movimento insolito davanti alla camera di Padre Gaudenzio attirò la sua attenzione.

Un andirivieni di infermiere, la donnina che adesso singhiozzava appoggiata al muro e davanti a lei due signore anziane sedute sulle sedie di plastica, con una scatola di cioccolatini in grembo e il fazzoletto in mano.

Accelerò il passo con un senso di disagio.

Si affacciò alla stanza giusto in tempo per vedere l'infermiera tirare la tenda di un separé per fornire un'ultima intimità al vecchio frate.

Ora il Convento di San Giovanni sarebbe piombato nel silenzio.

Capitolo XXXII

Saluzzo, l'ultimo viaggio – Marzo 2018

Era passato un mese. Padre Gaudenzio aveva fatto il suo ultimo viaggio e la folla incredibile di saluzzesi che l'aveva accompagnato la diceva lunga su quanto la Città gli volesse bene ed avesse premiato il suo impegno.

Un funerale degno di un Marchese, perfino lui dal suo sepolcro ne sarebbe stato soddisfatto.

Era rispetto vero, amore, riconoscenza, omaggio reale e non di forma.

Pietro ora capiva quanto avesse ragione il frate nel credere nei sentimenti della gente semplice e quanto fosse importante difenderli da ogni pericolo.

La pignatta era ritornata al suo posto e, nel ripercorrere tutte le varie tappe, al giovane maestro non sembrava possibile che qualcuno sarebbe riuscito di nuovo nell'impresa. Per completezza aveva provveduto a restaurare anche le fughe di sabbia come in origine.

Ma una piccola aggiunta Padre Gaudenzio avrebbe dovuto concedergliela.

Aveva inserito anche lui un tassello alla storia, un indizio in più, per continuare la tradizione di chi per tanti secoli aveva difeso quel segreto... Avrebbe usato anche lui una sciarada. Del XXI secolo però... il segreto giaceva sepolto nel muro del web, con indizi qua e là. Chissà che qualche hacker non si appassionasse anche lui alla vicenda. Restava poi ancora un'ultima cosa da fare.

Una messa in memoria di Frate Oberto...

Note dell'autore

I personaggi storici del romanzo sono realmente esistiti, ma in nessun modo hanno avuto a che fare con una storia che nasce dalla mia sola fantasia. Così come è di assoluta invenzione la motivazione che portò all'avvicendamento dei Monaci Cistercensi e Domenicani nell'anno 1320, non esistendo all'epoca un vero e proprio Convento, ma solo una Pieve.

La descrizione di luoghi e fatti storici è però stata fatta con ricerca appassionata e, mi auguro, rigorosa. Tutto quanto descritto è realmente parte della Storia di Saluzzo e la speranza è che il lettore, divertendosi a seguire le vicende della pergamena, incontri una Saluzzo di cui magari non conosceva l'esistenza.

Ed anche il lettore saluzzese potrà trovare similitudini riferite ad alcuni personaggi che si affacciano sulla scena. Io l'ho immaginata come un'ulteriore fonte di divertimento, avendo però cura di chiedere il loro consenso.

Sommario

Printed in Great Britain
by Amazon